SF・科学ファンタジー句集

天瀬裕康 編著

溪水社

日常性にうんざりし、
　常識にさからいたい人に

まえがき

この本は、いくらか変わった本かもしれません。
　俳句自体は、まともな短詩型文学ですが、それをSF（エスエフ）との関連で詠もうとしているようですし、おまけに横書きでゆくのですから、多少は変わった試みと言えるでしょう。

　一般的に申しますと、俳句は、「5・7・5」という定型を主体とし、これに四季を感じさせる「季語」とか、区切りを示す「切字」（18ほどあります）などの約束事があって、その中で広くて深い文学空間を作っているのです。これは世界に誇れる文学形態に違いありません。
　じっさい、いろんな国で「HAIKU」は研究され、作られています。その多くは3行詩として把握されているようですから、厳密な意味での俳句とは、少し違うような気がします。
　英語によるものが多く、当然、横書きですが、もちろん日本では伝統的に縦書きですし、昔は短冊に筆で書いていたものです。さすがに現在では、特別な場合を除くと、筆と墨で書く替りに、もっぱらボールペンが使われていますが、「写生」を中心にした作句が主流ですし、目下のところ、縦書きが横書きに変わる気配は、あまり感じられません。
　それをこの本では、横書きで押し通すことにしま

したから、由緒ある先生方からは、さぞやお叱りを受けることでしょうが、私はそれを、時代の要請だろうと思っております。ほとんどの科学論文は横書きですし、携帯電話が普及して以来のケータイ文化は、みな横書きになってきました。眼の動きからすれば、横書きのほうが適しているのです。

横書きの問題だけでなく、私は、伝統的な季語や切字をはじめ、写生という手法にも疑問を持ち続けてきましたが、もちろん、これは私が言い出したわけではありません。

俳諧が俳句になった明治時代に、すでに「5・7・5」の字数を守らない、非定型句の運動は起こっていましたし、昭和戦前には季語についての激しい論争もありました。戦後の生活の変化は季語に影響を与えかねません。

地上にいても、食べ物の季節感は少なくなってきましたが、宇宙に出たとき、はたして四季があるのでしょうか。見えない物を想像で詠むことも、必要ではないでしょうか。

そうしたことを考えているうちに出逢ったのは、科学俳句もどきのSciFaiku（サイファイク）で、ＳＦ俳句といってもよいようなものでした。切字の扱いなど、消化不良な感じは残りましたが、未来の俳句を垣間見たような気もしました。

そして、「主流は傍系から生まれ、次の時代は異

端者が作る」といったふうな考えが脳裡で渦巻くとともに、「はたしてＳＦ俳句は存在しうるのか？」という想いも胸をよぎるのでした。

　できればＳＦ俳句が出現する必然性を明らかにしたいのですが、私はここで、難しい文学論や科学論を展開するつもりはありません。伝統俳句の花鳥諷詠における「感動」と、ＳＦにおける「センス・オブ・ワンダー」には若干の差がありますが、窮屈な約束事を取り払い、ＳＦの感覚を活かしながら、日本語の美しさを保ち続け、「５・７・５」と言葉を並べてゆこうというのが眼目なのです。

　引用した句や文章などの中に、現在の人権意識等からみて不適切なものがあるかもしれませんが、初出の文学的価値から、そのままにさせて頂きます。
　また特別な場合を除き、敬称は略させて頂きました。ご了承下さい。

　詳しいことは、目次のあとでお話し致します。それでは、どうぞ……。

目　次

まえがき ・・・・・・・・・・・・・・・・・・・・・・・・・・・・・ 3

第1部　異端的な俳句史とＳＦ
A　俳諧の独立 ・・・・・・・・・・・・・・・・・・・・・・・ 15
B　明治以後——多様性の俳句 ・・・・・・・・・・・ 20
C　文芸家たちと俳句 ・・・・・・・・・・・・・・・・・・ 25
D　特殊なジャンルで ・・・・・・・・・・・・・・・・・・ 30
E　戦後の展開 ・・・・・・・・・・・・・・・・・・・・・・・ 35
F　海外俳句、ハイク、サイファイク ・・・・・・ 40
G　科学俳句とＳＦ俳句 ・・・・・・・・・・・・・・・・ 45

第2部　若干の実作
A　俳句もＳＦもあまり詳しくない人へ ・・・・・ 53
　ＳＦ(エスエフ)とは？　54
　作家と作品　57
　出版物とイベント　60
　☆間奏曲Ⅰ：季語、分ち書き・切字　64
B　ＳＦは知っているが俳句はNO!の人へ ・・・ 67
　口語俳句もなめらかに　68
　ＳＦ周辺句　72
　科学俳句も　75
　☆間奏曲Ⅱ：多行俳句と句読点、ＳＦテーマ　79

8

C　俳句は知っているがＳＦはNO!の人へ … 82
　　　多行俳句　83
　　　ＳＦもどき　86
　　　連作風に　90
　　　☆間奏曲Ⅲ：連作・群作と詩的展開　93
  D　ＳＦも俳句も知っている人へ ………… 96
　　　口語・新仮名遣い　97
　　　有季・新仮名遣い・文語　101
　　　有季・旧仮名遣い・文語　104

第３部　同好の句を求めて
  A　『鴉』の人たち ………………… 113
  B　『新青年』研究会の会員から ………… 116
  C　佐伯文芸クラブのこと ………… 118
  D　広島県現代俳句協会 ………… 120
  E　宇宙船句会、会報と句集 ………… 122
  F　俳誌『太陽』 ………………… 124
  G　個人的繋がりによって ………… 126
  H　ＳＦ俳句に挑む人々 ………… 129

  〈付〉川柳について ………………… 132

  あとがき ………………… 137
  参考文献 ………………… 141

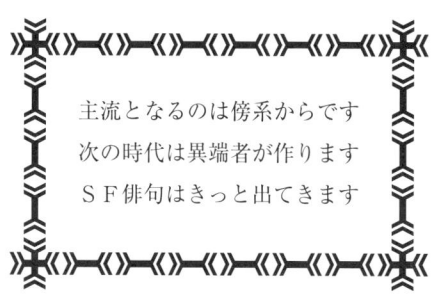

主流となるのは傍系からです
次の時代は異端者が作ります
ＳＦ俳句はきっと出てきます

第1部　異端的な俳句史とＳＦ

第１部では俳句の歴史を、生物進化史のように眺め、新しい時代を作るのは常に異端者だったのではないかと考え、ＳＦ俳句が生じる必然性を探してみたいのです。
　日本では、探偵小説が文学の中で市民権を得るのに長い時間を要しましたが、いまやミステリーの手法は、文芸作品のどこかに「必ず」と言っていいほど活用されています。少し遅れましたが、ＳＦも同じです。
　ＳＦ俳句があっても構わないでしょう……。

A　俳諧の独立

　ごく大雑把に言えば、俳句・俳諧は、和歌・連歌の前半、発句が独立したものです。

　そのあたりのことは、私が数年前に渡辺晋山名義で上梓した『芸州近世俳諧史抄』の中で詳しく述べていますが、古い俳論書に《俳諧は歌なり。歌は天地開闢の時よりあり》という言葉があります。

　古い上代、男女が集まって歌を詠みかわし、舞踏して遊んだ歌垣(うたがき)などでも、「5・7」というリズムに親しみ和歌を生んで、言語文化の中核となります。8世紀末に集成された『万葉集』は、日本文学の心の故郷でした。

　平安時代には、最初の勅撰和歌集である『古今和歌集』が出ますが、この部立て(分類項目)の一つに、俳諧歌という物がありました。

　鎌倉時代から室町時代には、連歌が多くなります。これには、和歌の上の句と下の句を二人で詠む短連歌や、多人数で交互に詠む長連歌が流行りますが、他方では上の句が独立して詠まれることもありました。山下一海らは、このあたりを俳諧の誕生としていますが、まずは妥当なところでしょう。

　中世、15世紀の連歌師・山崎宗鑑は、制約の多い上流階級のやり方に疑問を感じ、滑稽味があるため

一段下に見られていた俳諧に活力を見出だし、盛んに詠むようになりました。たとえば、次のような調子です。

　　手をついて歌申し上ぐるかはずかな

　のちに彼は、四国・讃岐に庵をむすび、この地で没しました。そのせいか瀬戸内海沿岸部は、俳諧・俳句の盛んな地方になったようです。
　この宗鑑より少し遅れて、伊勢に荒木田守武が生まれます。彼は滑稽よりも優雅を求めました。
　国学・歌学の研究者だった16世紀の松永貞徳は、積極的に発句の独立を図ります。彼の流派は「貞門」と呼ばれ、大きな勢力となりますが、京都で死にます。
　これに伴い、反対派も出てきました。熊本生れの西山宗因です。彼は多くの門人を抱え、その結社は「談林」と呼ばれました。
　この中には『好色一代男』などの浮世草紙で名を残す、井原西鶴もいました。多作速吟で、一昼夜独吟２万３千５百句の記録を作り、この浮世を、

　　大みそか定(さだめ)なき世のさだめかな

と詠んでいます。その西鶴が俳諧をやめ草紙作家

になったのは、すでに談林俳諧の時代は去り、松尾芭蕉（1644〜1694）の世になったのを見抜いたからだ、と言われています。

　芭蕉については、多くの方が多少とも知っておられるでしょうが、その境地は侘び、寂び、しおり、軽み等で表わされ、絵画的表現をすれば墨絵の世界でしょう。

　一見、いかにもＳＦから遠い存在のようですが、案外、ＳＦ的な展開もありうるのです。

　　雲の峰いくつ崩れて月の山

　これは『奥の細道』に出てくる、山形県の月山（がっさん）を詠んだ句です。「雲の峰」は夏の季語で積乱雲のことですが、注釈なしに読むと、宇宙空間を進んでいるような錯覚が生じました。銀河宇宙版『奥の細道』を書いてほしい俳人です。

　しかし、なにしろ和歌の前半だけを切り離して、一つの文学ジャンルを創ったのですから、この時点では異端者です。余談になりますが生物進化の歴史を眺めてみますと、ある時代の主流派は必ず没落し、次の時代は傍流ないし異端の徒が、のし上げてくるのです。

　江戸時代には異端者として、芭蕉に腹を立てた人もいたに違いありません。

そこでもう一人、重要なのは与謝蕪村（1716～1783）でしょう。

　　狐火の燃つくばかりかれ尾花

　これは弟子の吉分大魯へ送った手紙の中に出てくる一句です。一般に蕪村の句は絵画的と評され、芭蕉と比べると色彩が感じられます。
　宇宙の渚に立ってオーロラを眺め、あるいはビッグバンを見た時どんな句になるか興味がわきます。

　ここで少し横道にそれさせて頂くなら、江戸期最大のマルチタレント、ＳＦ的人物と言える平賀源内（1728～1779）は、幼少の頃さかんに発句したそうです。後年、本草学者、戯作者（風来山人）など、あまりの多忙で俳諧から遠ざかったのは惜しいことです。

　さて、もう一人加えるとすれば小林一茶（1763～1827）でしょう。
　俗語・方言を使い、主観的・個性的な句を作りました。これまた異端者と言えるかもしれませんが、客観的である必要など、どこにもないのです。彼が最後に辿り着いたところが明星（金星）だったとしたら、次のように詠むかもしれません。

これがまあ　終の棲家か雲無限
（「是がまあつひの栖か雪五尺」のパロディー）

　さて、駄句を挿入し、道草をくったようです。
　それでは、ついでに、もう一言付け加えておきたいのは、江戸浅草の名主、一世・柄井川柳（1718～1790）によって確立された17字の短詩、古川柳のことです。
　これは発句からの俳諧とは異なり、切れ字や季語を要せず、主として口語を用い、諷刺・滑稽・機知が特色です。俳論式に言えば「うがち」「おかしみ」「かるみ」ですが、庶民の支持を受け、急速に広がりました。
　二世は一世川柳の長子で、文化３年（1806）に二世を襲名します。以後、八世で明治に至り、さらに続いてゆきます。
　人気の消長はありますが、一定のレベルを保ちながら「川柳」として今日に至り、各地で隆盛を続けております。
　ＳＦ俳句との接点が生じるかもしれませんが、一応、話を俳句に戻し、明治時代へとタイムスリップしてゆきましょう。

B　明治以後——多様性の俳句

　明治になってからも、いろんな異端児が現われては消えてゆきました。
　一つの時代を切り開いたのは、四国・松山の正岡子規(1867〜1902)で、子規らは日本派(ホトトギス派)と称され、この頃から俳諧は俳句と呼ばれるようになります。
　彼は写生を重んじ、その影響力は絶大でした。余談ながら和歌が短歌になるのも明治以後で、子規らは根岸派と呼ばれています。彼は新体詩や小説にも手をそめました。

　このホトトギス派に対抗するものとして、作家の尾崎紅葉(こうよう)(1867〜1903)や、童話作家の巌谷小波(いわやさざなみ)(1870〜1933)らによる秋風会がありました。
　紅葉は「硯友社」という作家集団を作っており、『金色夜叉』などで名前を残しました。門下の泉鏡花や小栗風葉の対談を読むと、紅葉の俳句は、A項で述べた「談林」風だったようです。

　　いなづまや二尺八寸そりゃこそ抜いた

　巌谷小波も、初めは紅葉と一緒に硯友社を興して

小説を書いていましたが、童話『黄金丸』以後は児童文学に専念します。『日本昔話』『世界お伽噺』など叢書の編著とともに、お伽芝居の創始者であり、お伽噺の口演にも力を入れました。俳画もたくさん描いています。秋風会設立のときは、手勢を連れて合流した感じでした。

　四男・大四は評論家になりましたが、小波の辞世の句は、次のようなものだったそうです。

　　極楽の乗物や是桐一葉

　省エネルギー・無公害の乗物で、空飛ぶ魔法の絨毯に匹敵する優良移動用機械になれそうですが、それはともかく秋風会は、結局、子規の日本派（ホトトギス派）に敗れます。しかし完全に消滅したわけではなく、いくつもの結社を産み、変転しながら平成まで続いたものもありました。昭和26年に創刊された口語俳句の『感動律』も、この系統でした。

　他方、子規のほうには、優秀な二人の弟子がいました。河東碧梧桐（1873〜1937）と高浜虚子（1874〜1959）です。

　碧梧桐も初めは松山で創刊した『ホトトギス』に参加して、進歩的・写実的な作品を作っていましたが、子規の没後は新傾向を宣言し、非定型句を作り、一世を風靡しました。

第1部　異端的な俳句史とＳＦ　21

山茶花が散る冬の地湿りの晴

と短冊に書いた句が残っています。
　高浜虚子のほうは、一時期、俳句を止めて小説を書いたりしていましたが、感ずるところあり、やがて意を決して俳壇に戻り、正調「ホトトギス」節を演奏して碧梧桐を打ち破ります。
　以後、虚子の巨大王国が築かれ、子孫にも逸材を輩出します。こうして現在の俳句は、みな正岡子規〜高浜虚子の系統を引いているように思われがちですが、そうとは言い切れません。
　敗れたとはいえ碧梧桐は、いわゆる「碧派」と呼ばれる大須賀乙字(おつじ)（1881〜1920）や荻原井泉水(おぎわらせいせんすい)（1884〜1976）などの、新鋭を育てていました。
　俳論家でもあった乙字は、暗示法を唱道し、次のような句を詠んでいます。

　　曇天の日ざし来て雲の峰つくる

　井泉水は大正期に「季語は無用」と断じ、ここからは自由律で短い句の多い、尾崎放哉(ほうさい)や種田山頭火が育っています。

　　掉さして月のただ中（井泉水）

大空のました帽子かぶらず（放哉）

　　分け入つても分け入つても青い山（山頭火）

　いくらか分かり難い俳句になったようです。そこで一応、話を主流派のほうに戻しますが、こことても、必ずしも一枚岩ではありません。
　多くの考え方、多くの系列は、阿部誠文の「俳句編年大系統図」を見ると納得できますが、大正時代に入ると、伝統に安住することができずに、反旗を翻す俳人が出現しました。
　昭和3（1928）年には、水原秋桜子（1892～1981）が『馬酔木』を作りました。この系統の中には、阿部誠文の『超次元』もあります。秋桜子は一時、連作も試みましたが、彼の功績は「ホトトギス」的写生に支配された俳句に抒情を入れたことです。

　　羽子板や子はまぼろしのすみだ川

　山口誓子（1901～1994）も「ホトトギス」的な花鳥諷詠に飽き足らず、人工素材を句材に使うようになりました。次のような句があります。

　　ピストルがプールの硬き面にひびき

ご存知のように、秋桜子とか誓子といった「子」は女性の「子」ではなく俳号です。お二人とも体制内反体制のようなものでしょう。
　しかし、吉岡善寺洞（1889～1961）になると野党的です。大正7年には『天の川』を創刊し、多行俳句を作りました。

　　青空に／青海耐へて／貝殻伏しぬ
　　　　　　　　　　　（か ひ）

　伝統的に箱庭的な自然を詠む写生句だけが俳句ではありません。「無季」の主張は昭和の初めにも、新興俳句運動の中で燃え上がりました。
　そして昭和10年頃、「季感のある時は有季俳句を、ない時は無季俳句を詠む」（日野草城）という無季容認論が現われましたが、それを一歩進めた、「超季」という概念も出てきたのです。
　超季というのは、山口誓子が昭和11年に規定したもので、有季俳句と無季俳句に分ける考えを止めたのです。宇宙空間など、四季の無い場面を扱うＳＦ俳句を考える際には、適切な概念でしょう。
　他方、プロレタリア俳句を作ってた栗林一石路（1894～1961）は、新興俳句運動との関わりで、巣鴨拘置所に監禁されました。

C　文芸家たちと俳句

　ここまでは俳人たちの中にＳＦ俳句の源流を探してみたのですが、俳句を詠んだのは、俳人だけではありません。
　画家で書家の中村不折（本名・鉈太郎、1866〜1943）は、子規や碧梧桐とも親しく、かなりの俳人でもありました。そもそも子規の「写生」論は、洋画の「写生」から発しているのですが、これは不折から学んだものでした。

　同じころ生まれた二葉亭四迷（本名・長谷川辰之助、1864〜1909）は、文士稼業に疑問を感じながらロシア文学を翻訳し、言文一致体の文章を書いた先覚者ですが、若年より俳句も嗜んでいました。
　一歳違いの友人・嵯峨の屋御室（本名・矢崎鎮四郎、1863〜1947）は、「宇宙主義」なるものを書いたロシア文学者・陸軍士官学校教官で作家ですが、その影響を受けたのか、四迷は「竹取物語」の漢訳を試みるなど、若干、ＳＦ的な感じがありました。
　四迷はロシアに行きますが病気になり、海路帰国の途中、インド洋の上で死にました。明治42年のことで、彼は、こんな句を残しています。

論理とは思想の法の学なるへし

　二葉亭四迷が迷いながらの短い生涯を送ったのに対し、自信の塊のような日々を貫いたのは、鴎外・森林太郎（1862～1922）でした。
　衛生学の勉強のためドイツに留学した林太郎は、創作・評論・翻訳の他、詩・短歌・俳句も詠み、『うた日記』にはこんな句が載っています。

　蛇穴を出でなんとして卜（ぼく）に問ふ

　これは日露戦争に際し満州の日本軍が、行動を起こすのを占っている状況ですから、写生ではないでしょう。
　夏目漱石（1867～1916）は子規の友人で、小説も『ほととぎす』に発表しているのですが、彼の俳句の全部が写生ではありません。

　落つるなり天に向って揚雲雀（あげひばり）

　この表現は、不自然で面白い表現です。

　同じ頃、『五重塔』などを書いた幸田露伴（1867～1947）は、家で句会を開いたりしております。
　紅葉の弟子だった作家の徳田秋声（1871～1943）

や泉鏡花（1873〜1939）も俳句を詠んでいます。
　耽美派で『濹東綺譚』などを書いた永井荷風（1879〜1959）も、興味ある俳句を作っています。

　　蝙蝠やひるも灯ともす楽屋口

　夏目漱石に師事した作家の中勘助（1885〜1965）は、詩人で随筆家で、俳句も作りました。

　私は、「俳句も短歌も詩の一種」と考えていますので、詩人＝俳人として名を遺した人たちを、少し列挙させて下さい。

　詩人の千家元麿（1888〜1948）は、銀箭峰や暮雨の俳号をもつ俳人でもありました。
　室生犀星（むろうさいせい）（1889〜1962）は俳人として立ち、新傾向俳句に傾き、詩人・小説家として名をなし、最後にまた俳句へ帰ったようです。
　神秘主義的な象徴詩人の日夏耿之介（1890〜1971）は、大正詩壇の最高峰ですが、俳句にも親しんでいました。

　　霧昏し八雲が塚のありどころ

　詩人で作家の佐藤春夫（1892〜1964）は、7歳か

ら句作を始め、詩人の三好達治（1900～1964）は、中学時代から俳句を作っていたそうです。

　薬剤師出身の詩人・木下夕爾（1914～1965）にも、多くの佳句があります。

　少し方角をかえてドラマのほうを向きますと、小説家、劇作家、随筆家の吉田絃二郎（1886～1956）は、悲愁に満ちた句を詠みました。

　怪談作家で映画人の畑耕一（1886～1957）は、蜘盞子の俳号で句作もしております。

　小説家・劇作家・俳人の久保田万太郎（1889～1963）は、いい句を残しております。

　　水中花咲かせしまひし淋しさよ

　活動写真の弁士で俳優だった徳川夢声（本名・福原駿雄、1894～1971）は、江戸川乱歩の『探偵小説四十年』では「小説家」の肩書が付いていますが、昭和9年頃から熱心に句作し、『夢声戦争日記』にたくさん出てきます。

　映画監督の五所平之助（1902～1981）も俳句を詠んでいます。要するに、創作活動の基礎に俳句があったように思われるのですが、ここでもう一度、小説のほうに戻ってみましょう。

芥川龍之介（1892 〜 1927）は俳論も書いていますが、怖い句も詠んでいます。

　　　合歓咲くや雨にみごもる蛇女

　滝井孝作（1894 〜 1984）の号は折柴、小説には『無限抱擁』があります。

　少し若い年代になりますが、太宰治（1909 〜 1948）には、凄味の効いた句があります。

　　　旅人よゆくて野ざらし知るやいさ

　この「野ざらし」は「サレコウベ、髑髏」のことです。太宰は学生時代、俳句に熱中した時期があったのですが、やがて、離れてゆきました。
　残された句が少ないのは残念ですが、太宰には、「魚服記」「猿ヶ島」「トカトントン」「新釈諸国噺」の一部などに、ＳＦ的な短編があります。俳句は、創作やエッセイの中に出てくる場合もあります。上の句は八木健『俳句』にも収録されています。
　ここで優劣を決めれば、〈一が太宰で二が芥川、三・四がなくて五が漱石〉となりそうです。
　それでは、ＳＦ俳句の源流探しを続けてゆきましょう。

D　特殊なジャンルで

　明治以後の日本にＳＦの源流を求めるなら、一つは、冒険小説の系統であり、もう一つは各種の変格探偵小説になるでしょう。

　当時の日本は、よい意味でのナショナリズムのもと、強烈な個性が開花した時期でもありました。

　黒岩涙香（1862～1920）は、土佐生まれのジャーナリストで『万朝報』により名を挙げ、『岩窟王』はじめ、探偵小説の翻訳で名を残しました。

　その息子・漁郎（本名・日出雄、1892～1945）は俳人になりました。こんな句があります。

　　蟻地獄空は松風吹くばかり

　ところで、捕物帖は日本的探偵小説の走りですが、『半七捕物帖』を書いた劇作家の岡本綺堂（1872～1939）は、次のような俳句を残しています。

　　ゆく春や写楽を憎む芝居者

　押川春浪（1876～1914）は四国松山の生まれ。Ｂ項の初めに出た巌谷小波の知遇を得て、愛国冒険未来小説を書き、圧倒的な人気を博しました。小波は

自分の名の一字を取って「春波」と命名したのですが、押川は「波」は軽いとして、勝手に「浪」にしたのだそうです。

　少しあとの田中貢太郎（1880〜1941）は、高知出身。怪談作家であると同時に、俳句・短歌・漢詩にも秀でていました。初期の雑誌『新青年』にも屡々登場していましたが、『貢太郎俳句集』に、こんな句が見られます。

　　狂ひのある海鳴稲穂薄陽して
　　もくもくと盛りあがる雲地震やまず

　最初の句は大正9年に土佐を遊行したさいのもの。次の句は、大正12年9月の関東大震災を詠んだ作ですが、地球滅亡時の状況も浮き上がるようで不気味です。
　この貢太郎の10歳後輩だったのが、日本のミステリー・ＳＦを育てる培地となった雑誌『新青年』の初代編集長、森下雨村（本名、岩太郎、1890〜1965）でした。
　雨村は、大正俳壇では反主流派といえる秋風会系の会合にも出ていたらしく、大正9（1920）年頃、次の句が巌谷小波の推薦で高得点を得ました。

　　牛未だ動かず若草と夢さめにけり

非定型句ですが奇妙な味のある作品で、出身地の高知県佐川町に句碑が建っています。
　その『新青年』にしばしば寄稿していた正木不如丘（本名・俊二、1887〜1962）は、富士見高原療養所の所長で竹久夢二の主治医であり、横溝正史もここで療養しました。一般文学や探偵小説を書いていますが、「遺骨発見」はＳＦとして読むこともできるでしょう。療養所は平成24（2012）年９月に解体されましたが、ハードウェアが壊れてもソフトウェアが残っているように、次の句が残っています。

　　療院の聖夜や星の動き居り

　その正木不如丘とよく間違えられるのが小酒井不木（1890〜1929）です。血清学者で『人工心臓』や『恋愛曲線』などを書いていますが、俳句も達者で「ねんげ句会」を興し、名古屋郊外の蟹江では「小酒井不木賞」が選考されており、『小酒井不木全集』第八巻には句集があります。春夏秋冬一句づつ選んでみましょう。

　蒲公英や人魂出るときく屋敷
　蚊遣火や四五人去りし鬼談会
　稲妻や　夢遊病者の屋根傳ひ

寒月や松をかゝへて呪ひ釘

また、これとは別に、

　　狐ごっこをして遊ぶ児等

など、26句ほど短句も載っています。短句というのは、短歌の下の句の「7・7」に相当するものです。例えば、これに「馬の首星雲に住む種族あり」という「5・7・5」の上の句を付けますと、

　　馬の首星雲に住む種族あり
　　狐ごっこをして遊ぶ児等

と続き、これで一首生まれるわけです。
　ちなみに、「馬の首星雲」というのは、天文学的な興味も持たれますが、少し脱線したので、先へ急ぎましょう。

　幻想文学や推理小説の作家や翻訳家の中には、俳句の読める人は少なくありませんが、宗岡量雄編の『Ｗ・Ｗ・Ｗ　長すぎた男・短すぎた男・知りすぎた男』という本には大下宇陀児、角田喜久雄、延原謙の俳句を書いた色紙が載っていました。
　ＳＦ俳句からは遠いものでしたが、なかなか味の

あるものでした。
　また、眼科医で推理作家の椿八郎（本名・藤森章、1900〜1988）は、多才な人で句集『傘壽春秋』も出しています。魅力的な句に満ちていますが、こんなのは如何でしょうか。

　　ブロッケン妖婆飛べ飛べ黒揚羽

　ところで演劇というものは、この世に別の空間を創る作業ですから、ある意味ではＳＦ的なものですが、演劇評論家で推理作家の戸板康二（やすじ）（1915〜1993）は、俳人でもありました。『袖机』に次の句があります。

　　七不思議六つ数えて時雨かな

　ここでの順位をつけるなら、〈一が不木で二が貢太郎、三・四がなくて五が八郎〉となりそうですが、ＳＦ俳句の源流の像（かたち）は、まだ朧げです。
　またしても横道にそれてしまいましたが、それでは戦後の現代へと歩を進めてみましょう。

E　戦後の展開

　昭和20（1945）年8月の終戦とともに、日本文学報国会は存在の基盤を失い、9月には俳句部会も解散します。

　私は、「俳句も短歌も詩の一種だ」と思っていますので、石田波郷が第二次大戦中、俳句表現が散文的になったとき、「俳句の韻文的真髄にかへれ」と繰り返していたことに感心していました。韻文的というのは、五七五調・切字・文語使用などで、文語に限る必要はないと思いますが、詩的でなければいけない、と思っていました。

　ともあれ、各種の文化団体は一斉に再建を図り、あるいは新設を始めたのです。俳句の世界では、10月に『ホトトギス』が復刊します。

　戦争中の弾圧で一番ひどい目にあった人たちは、「新俳句人連盟」を作ります。昭和21年5月、東京・小石川涵徳亭で設立総会が行なわれ、東京三（秋元不死男）、島田洋一らが出席し、栗林一石路が幹事長に選出されました。

　この年は俳誌の復刊・創刊が急増しましたが、11月に桑原武夫が雑誌『世界』に「第二芸術——現代俳句について」を発表し、冷や水を浴びせます。しかし俳壇はよく耐え、跳ね返して、未曽有の発展を

遂げたのです。

　現在、全国的な広がりを持つ大きなグループとしては、現代俳句協会（昭和22年９月設立、会長：宇多喜代子）、俳人協会（昭和36年11月設立、会長：鷹羽狩行）、日本伝統俳句協会（昭和62年４月設立、会長：稲畑汀子）などがあります。

　さてＳＦのほうは、先達である蘭郁二郎が戦争末期の昭和19（1924）年に南方で事故死し、同24（1929）年には海野十三が肺結核で死にます。残ったのは、昭和41（1966）年まで生きた、大下宇陀児ぐらいでしょうか。

　雑誌『新青年』は、昭和25年７月で終わり、『宝石』が陣容を整えていました。この『宝石』は、詩人の岩谷満が社長の岩谷書店が発行元で、これまた詩人の城左門（作家の城昌幸）が編集長でした。

　その懸賞募集に応じて香山茂が登場し、やがて『ゴジラ』を書きますが、彼の小説は準ＳＦというところでしょう。本格的なＳＦ時代の胎動は感じられますが、すぐには表面化しません。

　昭和29（1954）年12月にＳＦ専門誌『星雲』が出ましたが、創刊号だけで消えました。元々社の最新科学小説全集①が出たのが昭和31年４月ですが、18巻で中断します。しかし、その後は一挙に燃え上がったような感じでした。

柴野拓美による科学創作クラブの『宇宙塵』が創刊されたのは、昭和32（1957）年5月。渡辺啓助によるおめがクラブの『科学小説』の発刊は少し遅れましたが、会としての発足は科学創作クラブより少し早かったようです。星新一は、渡辺啓助宅へ出入りしていました。こうした状況下で、新一は宇陀児に紹介されて、プロ出陣第1号となります。

　早川書房の『ＳＦマガジン』（編集長・福島正実）は、1960年2月創刊号となっていますが、じっさいの発行は59年12月でした。『科学小説』は三号雑誌として消えますが、『宇宙塵』は21世紀になってからも、しばらく続きました。

　商業誌『ＳＦマガジン』は、ますます充実して現在に至っておりますが、この間たくさんの企画を試み、多くの作家を世に送り出し、ＳＦ界発展への役割を果たしてきたようです。

　つまり小松左京、光瀬龍、筒井康隆、豊田有恒、平井和正たちを育てたのです。石原藤夫や堀晃は、海野十三の後輩と言ってよいでしょう。

　ここで個人的な話を入れさせて頂きますと、私が渡辺晋の本名で『宇宙塵』に入会したのは、昭和39（1964）年でした。

　昭和42（1967）年6月には瀬戸内海ＳＦ同好会を立ち上げ、『イマジニア』を創刊しましたが、これ

第1部　異端的な俳句史とＳＦ　37

は3年後の7月に、第7号で終刊しております。

　『SFマガジン』のほうは、空想科学小説コンテストで奨励賞になったり、SF映画ストーリィ・コンテストが佳作になったりしたものの、作品が活字になるには至りませんでした。

　しかし、昭和45年10月に「ホモ・モンストローズス万歳！」で『SFマガジン』にデビューし、翌46年3月から47年年9月にかけて、同誌に「空想不死術入門」を連載させて頂きました。

　ところがその後、原爆問題に関わったことと、短詩型文学への関心が強まったこと、サラリーマンを辞めて自営業に転じたことなど、あれやこれやが重なって、SF界から少し遠ざかったのです。

　さりとて、書くことを止めたわけではなく、文芸面では昭和63年4月から、天瀬裕康という筆名を常用するようになりました。それでもSFのことを忘れたわけではありません。

　そうした紆余曲折が、SF俳句を目指す本書や、SF短歌について書いた前書を産む道程だったに違いない、と思われるのです。

　それでは、ふたたび俳句のほうに、話をもどしてみましょう。

　私も最初は、伝統俳句の系統に属する結社に入っていました。そこでは、それなりの勉強をさせて頂

きましたので、今でも感謝しておりますが、季語・文語体・旧仮名遣いには疑問を感じ続けていましたし、特に季語や古臭い用語・表現には、我慢ができません。

　そこで、前衛俳句にも目が向きます。現代俳句協会第三代会長をした金子兜太（1919 〜、現在は名誉会長）には、『句集ひろしま』に載った次の句があります。

　　原爆許すまじ蟹かつかつと瓦礫歩む

　相当な字余りですが、あまり気になりません。
　もう一人名前を挙げれば高柳重信（1923 〜 1983）でしょう。彼は多行形式と暗喩によるイメージの重層化を図りました。夏石番矢の『高柳重信』に載っている句です。

　　「月光」旅館／　開けても開けてもドアがある

　後年、高柳は四行句に執着し、これを守りました。いずれも重要な仕事をした人ですが、私の中でモヤモヤしていた〈ＳＦ俳句のようなもの〉とは、どうも直接的には結びつかないようです。
　それでは、ここで一度、外国に目を向けてみましょう。

第１部　異端的な俳句史とＳＦ　39

F　海外俳句、ハイク、サイファイク

　新感覚派・新心理主義の横光利一（1898〜1947）の長編小説『旅愁』の中に、

　　マルセーユつれしやるまん覚えけり

という無季句がありました。外国へ行くのを洋行と呼んでいた時代には、近未来における宇宙旅行くらいの箔がついたのかもしれません。
　しかし、外国旅行がごく日常的な行為になった現代では、外国で俳句を詠むことは、もはや珍しいことではなくなりました。『俳文学大辞典』では、これを「海外俳句」とし、外国人が詠んだ「海外のハイク」とは区別して、別項で述べてあります。
　じつは私も、若干の「海外俳句」を詠んだことはありますし、2005年の『天穹』5月号に「欧米の日々は詠めるか」という小論を書いたのは、観光旅行の通過客程度では、その土地の風土は詠みきれないのではないか、という危惧もあったからです。それが7年後の『金婚式』に乗せた「外国・地球外・ＳＦを詠む」になると、困難だが不可能ではあるまい、という期待・願望になったのです。
　それでは次に、日本人という立場を離れて、「海

外のハイク」のほうを眺めてみましょう。

　英米文学者で俳人の星野恒彦によりますと、「ハイク」は現在、50ヵ国を超える多くの国で、30近い言語を使って作られているそうです。
　有馬朗人を会長として国際俳句交流協会が設立されたのは、平成元年12月。海外でもアメリカ、イギリス、イタリア、オランダ、カナダ、ドイツ、ベルギー、ルーマニアなどにも俳句の協会があるそうですから、たいへんな盛況であることは、間違いありません。
　過去を見ますと、愛知県生まれでアメリカに渡り、詩人として大成したたヨネ・ノグチ（1875 〜 1947）は、作句もしましたが、古典俳句の翻訳にも努めました。
　こうした日本人ないし日系人の努力だけでなく、明治時代に日本に来た外国人が、母国に持ち帰って拡げたことも、普及に大きく貢献したに違いありません。
　一般に20世紀初めの英語圏では、「ホック（発句）」が使われていましたが、やがて「ハイク（HAIKU）」がポピュラーになってきます。フランスでは「レ・ハイカイ（俳諧）」で「H」がサイレントなので「アイカイ」と聞こえるでしょう。ドイツの詩人リルケも、フランス語で「ハイカイ」を作りました。

ただし、彼らは俳句を、おおむね三行詩として理解していますし、生活環境の違いもあって、季語や切字は理解しにくいようです。
　もちろん外国人の中にも、伝統的な日本俳句の実作者もいますが、いわばアルファベットで書かれたHAIKUについて、よく考えてみましょう。

　英語圏を主体とした外国で、三行詩としての「ＨＡＩＫＵ」が作られ、「ハイク」が研究されていることを文献的に知ったのは、もうかなり以前のことでしたが、体験的に知ったのは、平成４（1992）年でした。ＩＰＰＮＷ（核戦争防止国際医師会議）で広島に立ち寄ったサンクトペテルブルグのボンダレンコ博士が、「ハイクをしている」と言ったのですが、それが三行詩のＨＡＩＫＵだったのです。
　その後、北欧の子どもたちのＨＡＩＫＵを知る機会があったので、本名で「《ぎんのすず》と子ども俳句」を書きましたし、晋山句集の「追記」の中で「外国・地球外・ＳＦ」などにも触れたわけです。
　この間、すでに『俳句からHAIKUへ』（佐藤和夫）とか『俳句とハイクの世界』（星野恒彦）のような、外国俳句についての本は出ていましたし、「和歌や俳句こそ近代詩の未来的形態ではないか」という指摘（佐藤泰正編『俳諧から俳句へ』）など、俳句の詩的要素への着眼も見られましたが、それがＳＦ俳句

に結びつくかどうかは定かでなく、いささか悩みのたねでした。

　そうした頃、「サイファイク」という言葉に出遭いました。『しずおかＳＦ異次元への扉』に収録された、鈴木啓造の論説によりますと、これはトム・ブリンクというアメリカのＳＦ作家が作った言葉で、SciFaikuと書き、俳句とＳＦの融合したものだそうです。
　ブリンクの主張は、鈴木の簡明な紹介がよく代弁していますが、さらに絞って説明すれば、次のようになるでしょう。

　サイファイクは、三行書き、17音構成で、実験精神を認め、即時性・即物性の感覚を伝えようとするものです。
　伝統俳句には「季語」がありますが、サイファイクでは、しばしば宇宙、遺伝学、ロボットといったふうな、「科学」の言葉が含まれます。
　抽象的なコンセプト（概念）やメタファー（隠喩）を回避し、哲学的な思弁より具体的な描写をし、イマジネーションが拡がるようにするのです。
　また、伝統的俳句の「写生」と「ＳＦ」は相容れないものではない、と考えているようです。サイファイクは、洞察力やテクノロジーや未来のビジョンを、

数行の短詩の中に封じ込めるのです。
　そこで、サイファイクはミニマリズム（極小性）を追求する、という表現が生じ、ミニマル（必要最低限）でエレガントだ、と考えるのです。自然が含まれている必要はないが、あっても構わない、ということになります。

　私の表現が不十分なため、分かり難い部分があるかもしれませんが、私は俳句の創作過程を「省略」だ、と解釈しています。
　余計なものを捨て去って、残った小さな詩が俳句なのだ、と思っております。その手で考えると、「ミニマル」も理解できるのではないでしょうか。
　伝統的な俳句の「写生」については、もともと私は嫌いなほうですが、すべてを否定するつもりはありません。
　ただ私は、イマジネーションのほうに、より大きな比重をかけたいのです。
　ともあれサイファイクによって、ＳＦ俳句の姿が見え始めたようです。それではScienceHaiku　科学俳句のほうも見ておきましょう。

G　科学俳句とＳＦ俳句

　改まって「科学俳句は？」と訊かれると、いささか困惑せざるをえませんが、科学短歌に比べると、こちらのほうが少ないようです。
　しかし、科学者が詠んだ俳句はないではありませんし、医者で俳人というのは珍しくありません。
　物理学者でエッセイストの寺田寅彦（1878～1935）は、昭和３年のシベリア寒気団による寒さを、

　　しべりあの雪の奥から吹く風か
　　人間の海鼠となりて冬籠る

などと詠んでいます。
　天文学者の野尻抱影(ほうえい)（本名・正英、1885～1977）は、随筆家に加えて、俳人でもありました。

　　かかる夜の銀河かぶとに映りゐし

　数学者の岡潔（1901～1978）は芭蕉を研究するとともに、俳句も詠んでおられました。
　中央気象台の技官から直木賞作家になった新田次郎（本名・藤原寛人、1912～1980）は、ＳＦも書いていますし、俳句や短歌も詠んでいます。

第１部　異端的な俳句史とＳＦ　45

他方、京都大学学長で地震学者の尾池和夫は『俳景　洛中洛外・地球科学と俳句の風景』において、阿波野青畝の、次の句を引用しておられました。

　　夕顔や方丈記にも地震のこと

　尾池先生ご自身には次のような句があります。

　　秋潮や地震迫りし逗子にゐる
　　紀州路や薄に埋まる津波の碑

　ただし、単なる科学だけの科学俳句では、いくらか物足りません。もちろん科学俳句には、それなりの価値がありますし、科学の進歩に取り残されないものは、本物の科学俳句だと言えるでしょう。
　向井千秋・宇宙飛行士の呼びかけで、『宇宙短歌百人一首』が刊行されたのは1999年２月でしたが、その後、ＪＡＸＡ（宇宙航空研究開発機構）の山崎道子・宇宙飛行士は、宇宙俳句を募集しました。
　その締め切りは2010年４月末日でしたが、日本だけでなく海外からも作品が寄せられ、1479件も集まったそうです。もはや日本列島だけでなく、地球だけが舞台ではなく、広い宇宙で俳句を詠む時代になったようです。
　これなどは、ＳＦ俳句への前段階を感じさせるも

のですが、科学の対極にありそうな、ファンタジーのことも、考えておく必要があるでしょう。

　以前、私が代表をしていた竹戸俳句会が指導を仰いでいた広島大学の平林一榮名誉教授は、数学の先生で教育学博士でした。数学というのは奇妙な学問で、微分積分のような解析的な頭脳とともに、幾何学のような直観力が必要らしく、科学とファンタジーの両方があるのです。トポロジー（位相数学）で言う「メービウスの帯」のように、表側を進んで行くと裏側に出ているといったふうな、奇妙な関係があるのかもしれません。

　だからこそ本書の表題を「ＳＦ・科学ファンタジー句集」と名付けたわけですが、そうならば、その参考になるような俳句はあるのでしょうか？

　本項では始めに科学俳句に触れましたので、今度はファンタジー俳句を眺めてみましょう。

　少し古いところでは新興俳句運動に関わり、せんごは現代俳句協会の設立に奔走した西東三鬼（本名・斉藤敬直、1900 〜 1962)の、次の句はいかがでしょうか。

　　水枕ガバリと寒い海がある

少し年代の下がる寺山修司（1935 〜 1983）は、劇

団「天井桟敷」を主宰した前衛芸術家で、歌人・詩人のまえに、中学時代から俳句も詠んでいました。『寺山修司俳句全集』には、こんなのがあります。

　旅に病んで銀河に溺死することも
　法医学・桜・暗黒・父・自瀆

　俳句の片言性と口誦性を説いた坪内稔典（1944〜）にも、いい作品がありますし、本もたくさん出しています。参考文献をご参照下さい。

　桜散るあなたも河馬になりなさい
　春の風ルンルンけんけんあんぽんたん

　昭和の終り、俵万智の口語短歌が一世を風靡した頃、松本恭子の口語俳句も目を引きました。『檸檬の街で』から、二句を引用させて頂きましょう。

　無鉄砲なの　寒のれもんを下さいな
　鶴の求愛ダンス　無重力ってこんな

　いいですねえ。口語俳句を聞いていると、子どもの俳句を思い出します。その中には、ときどきドキッとするほどＳＦ的な句が見つかるのです。
　そうした意味の児童句とは別に、童話に対応する

ような童句もあります。東京工科大卒で児童文化功労者の土家由岐雄（1904〜1999）の『少年の日』には、こんな句があります。

　宇宙人／「いる」の「いないの」／すずみ台
　なわとびの輪に／十五夜も／入れてやる

　すぐれてＳＦ的で、写生の俳句とは違うものが感じられるのです。
　俳誌のタイトルを眺めますと、『青い地球』、『宇宙』、『火星』、『銀河』、『銀河系』、『群星』、『十七音詩』、『星座』、『帖次元』、『未来図』、『流星』など、魅力的な名詞がたくさん見つかりますが、ＳＦ俳句専門誌はないようです。
　一口にＳＦ俳句と言っても、その中にはいろいろな傾向の句が含まれるかもしれません。
　ＳＦとはなにかを説明したようなもの、名作を詠み込んだようなもの、あるいは究極のショートショートのようなもの……なにしろ僅かな言葉で表現するのですから、たとえば昭和33〜34（1958〜59）年頃に頻出した抽象俳句も参考にすべきかもしれませんが、これまでにＳＦ俳句の源流を感じさせる俳句はあったでしょうか？
　ごく大雑把な表現をお許し願えるなら、従来の俳句の中にも、僅かながらもＳＦ俳句の予兆、先駆作（シーニュ）

第１部　異端的な俳句史とＳＦ　49

品と感じさせるものがあったのです。そうしたものを選んで、これまでに列記してきたのですが、科学もＳＦもなかった時代の作品としては、ファンタジー系の作品の中に見られたのでした。

　それなら現在、あるいは将来、ＳＦ俳句は存在しうるのでしょうか？

　ええ、大丈夫です。すでに、その兆候は現れているのです。ＳＦ俳句とまでは言えなくても、日本ＳＦ作家クラブの増田まもる事務局長は、俳句を嗜んでおられます。

　さらにＳＦ界の長老・荒巻義雄は、旭太郎の俳号を使い、現代俳句協会等で前衛的な作品を詠み、口語俳句協会の『俳句原点』でも活躍しておられます。以下、同誌の130号（2011年12月）に掲載された、二句を引用させて頂きましょう。

　蝶番夏への扉開けたか
　　稲妻は発電所でつくられるという噂

　この第一句を見たとき、私は、アメリカのＳＦ作家Ｒ・Ａ・ハインラインの小説を思い出しました。第二句も、いい作品です。

　こうしてみますと、私などはまだ駆け出しで勉強不足ですが、あまり窮屈に考えずに、平易なところから始めてみましょう。しばらくお付き合い下さい。

第2部 若干の実作

第2部では、私のＳＦ的な俳句を、百数十句ほど見て頂きます。

　その場合、読者の中には、ＳＦないし俳句の理解度の点で、いろいろな方がおられると思いますので、４つの群に分けております。

　その間に、退屈しないよう間奏曲と題して、俳句のいろいろな形式やルールを入れるようにしてみました。

　実作のあとには、必要に応じて、簡単な注釈を加えました。

A　俳句もＳＦもあまり詳しくない人へ

　この群では、俳句に馴染みのない方のために、比較的穏やかな、つまり難解な俳句用語の出ない句から始めさせて頂きましょう。

　一般的に言いますと、多くの俳句結社では、文語体・旧かな遣いを原則としていますが、それを可能な限り、話し言葉と新かな遣いで作ろう、ということなのです。

　どうしても文語体でないと感じが出ない、あるいは、旧仮名遣いが必要な場合があるかもしれません。その場合は、やむなく古い表現を使わせて頂きますので、ご了承下さい。

　季語は無視します。切字は間奏曲のところで説明しますので、ここでは「けり」とか「や」程度の、ありふれたものだけに留めておきましょう。

　他方この項では、ＳＦに馴染みのない方もおられますので、全体をＳＦの説明とし、概念・作家と作品・関連イベントなどに分けて組み立てました。

　そのため、「こんなものは俳句ではない！」と、ご立腹の方もおられるでしょうが、ドン・キホーテ的な所業であることは、覚悟の上です。

　とにかく「5・7・5」と始めてみましょう。

SFとは?

SFは科学(サイエンス)・小説(フィクション)なんだとさ

これが基本的な考え方です。

伝説も神話もルーツなのですよ

これも認められるところでしょう。

怪談もミステリーもまた仲間うち

異論があるかもしれません。

つまりだな宇宙活劇(スペースオペラ)が中心さ

安物の西部劇をホース(馬)オペラと言いますが、その手の宇宙活劇がスペースオペラです。故・野田昌宏の得意なところでした。

SFは科学(サイエンス)ファンタジーではないか

この考え方も、確かにあります。

いや違う 思弁(スペキュラティブ)・小説(フィクション)だ SFは

文学的には、スペキュラティブな小説は魅力的です。

ヨーロッパで産まれアメリカで育ちけり

初期の作品はイギリスやフランスで生まれましたが、いわゆるＳＦが開花したのはアメリカです。

ＳＦやソ連東欧も先進国

ロシアには多くのＳＦ作品がありますし、ポーランドにはいい作家がいました。

ＳＦを中国は「科幻」と呼びますする

『ＳＦマガジン』629号（2008年9月号）に出ています。

作家と作品

ウエルズがテーマあらかた書き尽くす

　H・G・ウエルズは『世界史概観』を書いた歴史学者でしたし、未来予測もしていました。

空想旅ジュール・ヴェルヌが始めけり

　『地底旅行』、『月世界へ行く』等、いろいろあります。

ブラドベリ密度の高い幻想譚

　『火星年代記』『何かが道をやってくる』等、詩ですねえ。

クラークは特許を取らず文(ふみ)を書く

じっさい、特許だけで食ってゆけるのに。

アシモフやロボット法の落とし穴

いまやロボット工学の三原則は、SFファンだけでなく、多くのエンジニアの座右の書物となりました。

バラードは新しい波(ニューウエーブ)の「世界」なり

1960年代後半にイギリスで起こったニュー・ウエーブSFの旗手。シュールレアリズムがあるのでしょうね。

掌編の星　商業誌への一番手

星新一がショート・ショートの名手であったことを、知らない人はいないでしょう。

大宇宙小松左京という巨人

大きすぎて見えなくなりそうです。

光瀬龍はるか未来の年代記

彼は精密な未来史年表を作っていました。

出版物とイベント

同人誌の第一号は『宇宙塵』

科学創作クラブの月刊『宇宙塵』が創刊されたのは、昭和32（1957）年5月、編集長は柴野拓美。

ミステリーの啓助作る『科学小説』

探偵小説作家クラブ第四代会長の渡辺啓助は、戦後、「おめがクラブ」を作り、『科学小説』を創刊して、ＳＦ出発に貢献しました。

『星雲』は一号だけで星雲賞

日本最初のＳＦ専門誌で、昭和29（1954）年12月に創刊されたが、1号だけで終刊。しかし、「星雲賞」のほうは今も続いています。

商業誌は福島正実が編集長

『ＳＦマガジン』は1960年２月号が創刊号ですが、じっさい発行は、59年12月でした。

ファンジンはＳＦマニアの雑記帳

ファンジンは純文学系の同人誌に相当するものですが、機関誌・連絡誌的なニュアンスもあり、気軽なムードをもっています。

ファンダムは結社ではなく集団だ

ファンダムはプロダムに対する言葉ですが、純文学系の同人会や短詩型文学の結社とは異なり、同好会を纏めた抽象名詞です。

コンと呼ぶSF大会ファン祭

コンはコンベンションの略で、大会を指しますが、しばしば愛称でよばれます。第52回日本ＳＦ大会（広島）は「こいこん」で、広島カープの「鯉」です。

SFは文学を超えた文明か

少しオーバーな感じもしますが……。

日本のSFは一九五〇年代

『星雲』、『宇宙塵』、『ＳＦマガジン』の創刊に加えて、元々社の『最新科学小説全集』も1950年代の中頃でした。

設立後SF作家クラブ五十年

設立は、昭和38（1963）年3月5日、11名で結成されました。2013年は50周年になりますので多くのイベントが企画されました。

キックオフ国際SFシンポジウム

今回予定されている一連の国際ＳＦシンポジウムの最初は、2012年7月でした。

子どもらにプラネタリウムの贈り物

子どもたちへ、未来を想像する楽しさと大切さを訴える企画が進んでいるようです。

☆間奏曲Ⅰ：季語、分ち書き・切字

　Ａ項を振り返ってみますと、ぜんぜん俳句らしいところがなかった、と思われるかもしれません。
　たしかにＳＦの説明だけだったようですが、なんども声を出して読んでいますと、「５・７・５」の練習だったことに気付かれるでしょう。
　そうです、ここが俳句にとって、一番大切なところだったのです。
　一般に俳句の基本は、定形（「５・７・５」のこと）・季語・切字の三つとされています。
　じっさい伝統的な俳句の集会の場合、一番やかましく言われるのは、「季語」のことです。これは、ある「句」が四季の中のどの季節を詠んだものかを示すよう約束されたもので、春・夏・秋・冬に新年を加えることもあります。

　　鶯の谷渡り聞く遊歩道　　　　　　　　（春）
　　さくらんぼ原発被曝に悲しめり　　　　（夏）
　　観覧車つるべ落しに人帰る　　　　　　（秋）
　　土壁に白侘助の寒さかな　　　　　　　（冬）
　　門松や思い出だけは太かりき　　　　（新年）

　鶯や門松は、あまり見かけなくなりました。桜の

季語は春ですが、「さくらんぼ」は夏です。秋の夕日の「釣瓶落し」も、田舎での実感からは遠くなったようです。「侘助」は小ぶりの、冬咲きの椿の一品種だと思ってよいでしょう。

　数千もある季語は「歳時記」や「季寄せ」という種類の本に出ています。現状から遊離したため廃止になった季語もあるようですが、広島忌（8月6日）や長崎忌（8月9日）は新たに加わりました。

　ＳＦ俳句の場合は軽視する方針ですが、有効な場合もありますので、D項の後半では使うようにしてみます。

　次に、一つの俳句は最初から最後まで、一続きに書くのが普通です。途中を空けたり、句読点を打つようなことはしません。

　しかし、例えば「ＳＦを分解すればＳとＦ」という句の間を切って、

　　SFを　分解すればSとF
　　SFを分解すれば　SとF
　　SFを　分解すれば　SとF

とした場合、僅かながら違う感じが生じます。このように、語と語の間に空白を設けることを「分ち書き」と言い、場合によっては有効な方法ですが、伝統的には、空けないことになっています。

この空白の部分に読点「、」を打ったり、句の最後に句点「。」を付けても構わないようなものですが、これも禁じ手です。偉い人の中には稀に使う人もおられますが、ここでは一応、用いないことにしておきましょう。
　その代わりに使われるのが「切字(きれじ)」です。これは句の中や句の最後に用いて「切れる」働きをする助詞や助動詞のことで、A項に出てきた「けり」や「や」のような段落をつける言葉です。
　他にも「かな」「もがな」「らん」「か」「よ」「ぞ」「つ」「し」「いかに」などがあります。
　稀には「じ」「ず」「ぬ」「せ」「れ」「へ」「け」も使われます。

　　SFや微分のはてにSとF
　　SとF　積分すればSFぞ
　　SFの因数分解　虚にならん

　いろいろ作ってみるのも興味が湧きますが、言葉の遊びになってはいけません。
　なお、無暗にルビを打つことも控え、当用漢字にするのは行き過ぎだとしても、なるべく平易な言葉を使いたいものです。

Ｂ　ＳＦは知っているが俳句はNO!の人へ

　この項では、俳句の定石に慣れることや、科学俳句に馴染むことを目標にします。
　簡単ながら、季語や切字などの基本的な話や、分ち書きについても説明を済ませましたので、これもじっさいに使ってみましょう。
　口語俳句も入れておきますが、一つの句の中では口語と文語が混じってはいけません。

　ここで面倒なことに、旧仮名遣い・文語体という問題が出てくるのです。昔の言葉を使う必要はありませんが、旧仮名遣いには魅力もあります。
　そもそも新仮名遣いなるものは、終戦後に、半ば強制的に使わされるようになった現代仮名遣いのことで、旧仮名遣いというのは、終戦前までは小説を書く時などにも普通に使っていた、歴史的仮名遣いなのです。
　なんだか未練がましい口調になりましたが、旧仮名遣いのほうがピッタリくる、という場合もたしかにあります。新仮名遣いを基本にしながらも、いろいろ試みてみましょう。

口語俳句もなめらかに

食卓に錠剤だけが並んでた

栄養学的には充分でも、それだけでは満足できないのです。

メールにて徴兵通知がやって来る

嬉しくない世の中になりそうです。

覗き見を透明人間するだろか？

これは問題ですね。

異星人ある日とつぜん攻めてくる

　　まさか、ほんとうでしょうか。

星屑はクールジャズにもなっていた

　　そんな題を聞いたことがあります。

短気なの　宇宙の窓を開けなさい！

　　怖いですねえ、

翼竜(プテラノドン)が名月に向け羽ばたいた

　　古い地質時代のお話。

あの星はボクの墓かな幾光年

　　人はみな、自分の星を持っているのです。

火星にも　川があったし人もいた

　　『火星年代記』という本、ご存知でしょうか？

カブトガニ生きた化石が抱き合って

　カンブリア紀の三葉虫の仲間の末裔らしいのですが、まあ仲のよいことで。

未来人は　未来だけから来るのかな

　異次元から来た未来人だって、いるかも。

冥王星(プルートー)　黄泉の国へと消えました

　太陽の最外側を廻っていたはずなのに、太陽系惑星の仲間から外されたのです。

SF周辺句

かぐや姫ミスSFの第一号

そういう見方もあるのでしょうね。

蜘蛛の囲や宇宙を切り銀の糸

「蜘蛛の囲」は蜘蛛の巣で、ついでに言えば季語は夏ですが、スパイダーマンの活躍でも連想して下さい。

異次元の人と会えます　幻影器(イリュービジョン)

どんな人が出て来るのでしょうか。

水星にミッキーマウスのクレーター

ミッキーマウスそっくりな窪んだ地形が見つかったそうです。

スピルバーク　SF映画に救われき

ご本人の談話に出てきました。

「風の谷」国に「ナウシカ」てふ王女

「風の谷のナウシカ」の物語で、「てふ」は「という」ぐらいの意味です。

たとふれば魔女の箒か宇宙船

　無公害エンジンのトップは魔女の箒でしょう。

「新世紀エヴァンゲリオン」売れにけり

　たいへんな人気でしたね。

タンクロー　敵役の名クロカブト

　戦前の漫画『タンク・タンクロー』の敵役クロカブトは、『スター・ウォーズ』の敵役であるダース・ベイダーによく似ています。

科学俳句も

イトカワを探査し「はやぶさ」還りくる

　　探査機「はやぶさ」は、小惑星「イトカワ」の
　　サンプルを持って、7年ぶりに帰還しました。

質量の　もとはヒッグス粒子とか

　　おおきな発見のようです。

組合せ・順列・確率　俳句論

　　五十音の中から十七音を選び出し、並べるだけ
　　の計算なら、簡単にできそうですが……。

遺伝子を 人工酵素が 組み換えり

遺伝子の操作に、酵素が使われるようになりました。

軟骨の細胞培養 関節へ

幹細胞の登場で、いろいろなことが可能になってきます。

胎内を潜り抜ければ怪奇界

人工保育器にでも入れられたのでしょう。

放射性廃棄物星居住不可

漢字ばかりでゴメンなさい。「放射能だらけだから住めません」という表示です。

木星のオビ様相を妖しうす

太陽系内では最大で、5番目を廻っている惑星。赤道に平行な数条の帯は、年々様相を変えています。

星の果て　時の港に空中花

この世は一時的な港なのでしょうよ。

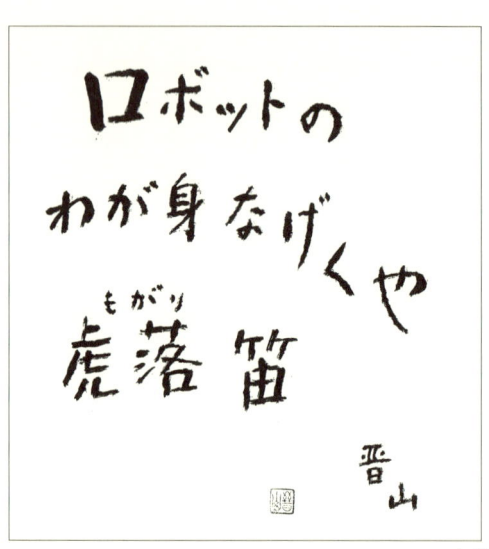

ロボットの／わが身なげくや／虎落笛(もがり)
天瀬裕康　詠む
渡辺晋山　書く

☆間奏曲Ⅱ：多行俳句と句読点、ＳＦテーマ

　分ち書き俳句については「☆間奏曲Ⅰ」で説明し、A項では時々実作も提示しましたが、これを一歩すすめて行を変えたのが多行俳句、と言えます。
　吉岡善寺洞の多行俳句、高柳重信の四行句については第１部のB項やE項でもちょっと触れましたが、私が多行俳句に魅せられたのは、別の方面からだったのです。
　評論家の山本健吉は「幻の花を追う人」という論説の中で、原爆詩人・原民喜（俳号・杞憂）の《山近く空はり裂けず山近く》という無季俳句を、

　　山近く
　　空はり裂けず
　　山近く

と三行詩にすれば、彼の詩碑になっている「碑銘」と精神的に繋がる、と言ったのです。つまり、

　　遠き日の石に刻み
　　　　　　砂に影おち
　　崩れ堕つ　天地のまなか
　　一輪の花の幻

という四行詩と等価なものを示したのです。
　これには私も、かなりのショックを受けましたし、釋迢空・折口信夫の多行短歌や、のちには草壁焔太の五行歌を思い浮かべ、ふたたび高柳重信の四行俳句に辿り着きました。彼の四行俳句に、

　　杭のごとく
　　墓
　　たちならび
　　打ちこまれ

というのがあります。
　これまで私は、多行俳句といっても三行が限度だと思っていましたが、この場合は「墓」に一行とったことにより、ぐっと詩的になったような気がしたのでした。そしてＳＦ俳句を多行形式で詠んだらどうか、と思ったりしたのでした。
　姉妹書『ＳＦ・科学・ファンタジー短歌集』の場合は、自作を10項目に分けて提示したのですが、それを参考に、ＳＦにはどんなテーマがあるのか、もう少し調べておきましょう。

１）まず頭に浮かぶテーマは「未来」でしょう。
　　予測不能で、想像だけの遠未来もあります。

2）宇宙も、だんだん身近な話題になって来ました。宇宙旅行も夢ではありません。
3）現実の生活と関わりがあるのはロボットです。コンピュータ支配の社会が来るかもしれません。
4）日常生活に関係の深い時刻の他に、時間旅行とか時間のパラドックスなども扱います。
5）次元の問題となると、数学とか哲学などが関与しますが、異次元となると少し不気味です。
6）オカルトといえば、超能力や超常現象が想像されますが、怪奇が主体ではありません。
7）生命ＳＦ科学の発達には目覚ましいものがあります。直接関係深いのは、医学や食品関係です。
8）進化とか突然変異というものも、大きなテーマでした。概して男の子は恐竜が好きです。
9）どの民族も種族も、この世の終わりを考えてきました。破滅テーマと言います。
10）もう一つ残っていた大きなテーマは、「心」や「認識」に関する問題です。

　以上、主なテーマについて述べましたが、俳句の『歳時記』風に具体的に利用するのには、ＳＦ用語辞典式の本を参考にされるのがよいでしょう。
　これには福島正実編『ＳＦ入門』、筒井康隆『ＳＦ教室』、横田順彌『ＳＦ事典』などがあります。

C　俳句は知っているがＳＦはNO!の人へ

　花鳥諷詠の伝統俳句において、季語は連想作用により、詠まれた世界の時空を拡大します。
　たしかに有効な場合も少なくないのですが、人間自体が変わってしまった遥かな未来社会、宇宙空間の壮大なドラマなどは、伝統的な季語の感覚では表現困難なものでしょう。

　そこにＳＦ俳句のレーゾンデートル（存在理由）がありそうですが、季語に相当するものにＳＦ用語を挿入できれば好都合です。
　例えば、アステロイド、アルマゲドン、アンドロイド、エスパー、宇宙生命、宇宙船、恐竜、原人、光年とパーセク、サイボーグ、時震、処女生殖、人類家畜テーマ、スペース・オペラ、ワープ航法、第一期文明、タイム・トラベルとタイムマシン、第五氷河期、多元宇宙、超人類、長命人種、テラ、ドラキュラ、不死、物質転移機、ベム、ミュータント、量子論、冷凍睡眠、ロスト・ワールドなどです。

　それではＳＦの基礎的な言葉を入れながら、多行俳句、連作などと展開してゆきましょう。

多行俳句

流星群
ちまたに雨が降るように

　　　口語二行句です。

天女とは未来の人か
春の風

　　　同じく二行句です。

ロケット発射
我は小さくなりゆけり

　　　二行句です。次は行数を増やしてみましょう。

失恋し
ロボット作る
浅き春

    三行句です。

月夜茸
あの世の道へ
足照らす

    だんだん増やしてゆきます。

一日に
2兆個
消える
流れ星

    四行句になりました。

太陽の
年齢
四十六億
歳

　　四行以上は、無理なようです。

とぼとぼと　火星を　歩く。影、ひとつ

　　五行にする替りに、句読点で切りました。

五臓とや　心、肺に、肝、腎、脾も入れて

　　六つに切りましたが、こうなるともう遊びですね。

ＳＦもどき

異次元や男女呼び合ふ境界区

　この世と向こう側の間には38度線のようなものが、ありそうです……。

音楽は　数学に似て不可解語

　音楽記号も数学の記号もわかりません。

航時機やマイナス・ゼロの時刻表

　マイナスでないと時間旅行に行けないという話、ほんとうかな？

星の降る宇宙の渚 ああ望郷

「宇宙の渚」は地球の大気圏から出て、宇宙に入るあたりです。

幼年期過ぎ思春期も飛び去りぬ

クラークに『幼年期の終り』という作品がありました。

ドラキュラや吸血ウイルスの故なりと

小説のネタに使われています。

文化の日ヴァイトンがヒトを狩りにくる

人間は家畜にされていたのです。

ゴエモンや超能力の明日泥棒

たいした男がいたもんだ。

眼球譚ゲゲゲの鬼太郎のオヤジなり

バタイユの『眼球譚』はすごい本ですし、鬼太郎の親父も、たいした男です。

新式の自動山路も時雨(しぐれ)けり

市街部だけでなく、山道もみな移動歩廊になった時代の話。

大宇宙　塵も積もって　星となる

星間物質が収縮すると、自分の重力でガスを集め、中心の温度が上がると水素の核融合反応が起こって輝き、星が誕生します。

プレアデス星団月に食(は)まれけり

月食のように、月が星団を隠すのです。ヒアデスも隠されました。

連作風に

はらご覧 きみの横にも宇宙人

へんな人が、傍にいました。三連作式に展開してみましょう。

どうだかね ぼくは幽霊だと思ふ

ゴーストでしょうか？ 続けて観察してみましょう。

いや、あれは 未来から来た地球人

未来人だったようです。

ロボットもロボットペットも 一家族

人間そっくりのロボットや、犬猫ロボットのいる家庭内情景。

人間よ きみはロボットの主人かい？

そこにいる主人らしい存在に訊いてみました。いったい、きみは……？

オーノーだ 僕ほんとうはロボットさ

いえね、僕はアンドロイド（人間型ロボット）なのです。

ユーフォーの いずこに在(あ)るや 朧月

朧月夜のユーフォーか、どこなんだろうな。

未確認飛行物体 なお不詳

この「空飛ぶ円盤」なるものは、正体不明、存在未確定とされてきましたが、いまだに分かりません。

UFOの飛び立ちしあと落し文

オトシブミ科の甲虫は、広葉樹の葉を巻いて巣をつくり、卵を産んで地上に落とします。これを「落し文」と言います。

☆間奏曲Ⅲ：連作・群作と詩的展開

　連作とは、一句では表現できない内容を、連ねて並列することにより、広く深く表現しようとする形式。昭和２年（1927）に水原秋桜子が、筑波山吟行のさいの五句を『アララギ』に発表したのが始まりとされています。
　あらかじめ計画を立てて構成する秋桜子の方式を設計図式と言い、作品の配列に主眼を置く山口誓子の方法を、モンタージュ式と呼んでいます。
　連作句の季語が同一の場合は単調な繰り返しが起こるので、季語を省略することもありますが、一句の独立性が弱くなる欠点もありますので、秋桜子自身も、戦後はほとんど作っていませんが、やり方次第では、有効な場合もあるでしょう。
　日野草城の連作「ミヤコホテル」も有名ですが、同じテーマを、何句かに分けて多角的に詠んで内容を濃くしたり、単作を多数並べて多様な展開を図る「群作俳句」は、連作俳句とは少し違います。連作のように厳密な構成による配列は要しませんが、一句の独立性は要求されるようです。
　画然とした分類は困難ですが、アバウトなところで例を出してみましょう。
　フランスの哲学者デカルトとは、「考える自己」

を見出し、「コギト・エルゴ・スム（我思う故に我あり）」と言いました。これは仏教哲学の唯識論にも通じるもので、自分の認識に重きを置いていますので、写生俳句とは違う系統でしょう。

そこで次のような句を作ってみました。これは六句からなる「群作」のようですが、一編の詩と解することもできるでしょう。

　　我思う　故に我あり　世界（宇宙）あり
　　世界あり　我死するとも　風は吹く
　　我見たり　そこに空あり　天高し
　　君ありて　我存在す　二個の生
　　我聞けり　天地崩れし日の音を
　　我想ふ　終末しのび寄ることを

次に手塚治虫の漫画「鉄腕アトム」を詠んでみます。物語の中でアトムが誕生したのは2003年4月7日で、生みの親・育ての親、兄弟姉妹、アトムの性能など、かなり明確です。

　　四月七日　鉄腕アトム誕生す
　　弟コバルト　妹ウランも作られき
　　核融合で　一〇万馬力のエネルギー
　　四肢のジェットエンジンで　空を飛ぶ
　　人間の善悪を識る力あり

身を挺し　地球のために太陽へ

　コバルトはアトムの双生児らしく、そんな調子でお互いに呼び合える仲のようです。

　また、アトムには七つの大きな能力があり、データは多いので、設計図式の連作、長編叙事詩を作ることもできるでしょう。

　これに対し、地質時代と呼ばれる頃の古生物の状況を思い浮かべてみますと、モンタージュ式の連作が作れそうです。

　　　地質時代　水の惑星　いのち萌ゆ
　　　三葉虫いかなる夢を　見しならむ
　　　ガス充満　羊歯(しだ)に雨降り続きをり
　　　パンゲアの大地や生きもの蔓延す
　　　月に向け　始祖鳥啼きて地を蹴りぬ
　　　恐竜もアンモナイトも　去る日あり

　季語・季感の有無を問わず、詩感のある俳句、超季の17音詩や、それから発展させた連作俳句を詠むことは可能に違いありません。

　しかし俳句の真髄は、やはり「5・7・5」の17音です。以下はふたたび、一句ずつを大切に詠むようにしてみましょう。

D　ＳＦも俳句も知っている人へ

　いよいよ最後の部分に辿り着きました。

　これまでのところ、いささか生意気な口をきいたかもしれません。

　しかし、この小著をお読み下さっている方の中にも、じつは私よりＳＦに詳しい方はたくさんおられますし、俳句についても私より精通しておられる方は少なくないと思います。ただし、両方をかじった人は多くはないでしょうから、いましばらくご辛抱下さい。

　ここでの対象は、ＳＦも俳句もよく知っておられるので、余分な説明は必要ないと思いますが、あらかたの順番だけは申しておきますと、まず最初は口語俳句の新仮名遣いから始めます。

　そのあと、文語体を主体に有季を混ぜた新仮名遣い、それから有季の旧仮名遣いへと詠みすすめて参りましょう。

　これまで季語を毛嫌いしているようなことを言ってきましたが、俳句の基礎としては、一応、慣れておくことも無駄ではないのです。

　それでは……。

口語・新仮名遣い

見上げると　広くて素敵な天穹(そら)がある

そんな詩がありました。

面妖な君は万年まえの僕

いったい、どんな自分なのですか？

似てないが漂う影はヒトの裔(すえ)

子孫がヒト属の姿をしているとは限りませんが……。

米中露 みんな逝ってもうたんやでえ

原水爆戦でも、やらかしたんでしょう。

ベッドから自由落下で反宇宙

墜ちた先は、さて！？

逃げ水を追って宇宙の外に出る

遠くにあるように見える水に近づくと、遠ざかる現象が「逃げ水」で、蜃気楼の一種。

落雷でフランケンシュタイン息づいた

　フランケンシュタイン博士は、人造人間を動かせるのに通電しますが、雷が落ちても蘇生します。

夏祭り　サン・テグジュペリ　星になる

　フランスの飛行士で作家のこの男は、偵察飛行中に消息を絶ちました。『星の王子さま』は遺作。

盆の月　アルジャーノンの頬照らす

　悲しいですね。

ヒト滅び ロボットの観る流れ星

こんなになりたくないですね。

ペット用小型恐竜も居りました

大恐竜絶滅の頃、小型の恐竜一味も出現していたのです。

絶景じゃ オーロラ地上四百キロ

高い場所にあるんですよ。

有季・新仮名遣い・文語

若駒を馴らすに似たり機械たち

スマホなんかも、そうですね。

春うららアダリー髪をなびかせり

リラダンの『未来のイヴ』に出てくる人造人間美女のことです。

亀鳴くや青き地球のあと僅か

情緒的に春の季語になっていますが、じっさいの亀は鳴かないので、逆に滅亡のほうへひっかけました。

コップ大の戦争なれど雲の峰

ちいさな戦争でも、核兵器などを使えば、大きな雲が湧き上がります。

ひと去りし火星の砂に氷雨(ひさめ)かな

無人の火星に氷雨（季語は夏）が降っているという情景。

夜ながし 嫁ロボットを我が子へと

晩期非婚の息子へ、お嫁さんロボットを送りましょうよ。

星涼し遠き銀河のビッグバン

遠い宇宙の大爆発。でも星たちは涼しい顔。「星涼し」は夏の季語ですが、「夏XX」としますと地球じみるので……。

歳の瀬や　妖怪人間ベム忙し

ベム・ベラ・ベロの一家が、リバイバルで活躍して居ました。「ベム」は「ビッグ・アイド・モンスター」の略。

核の冬第N氷期しのび寄りぬ

地球は何回も氷期と間氷期を繰り返してきました。

有季・旧仮名遣い・文語

淑気満つUFO見んと人集ふ

淑気は正月の季語ですが、緊張した感じを込めて使いました。

夜半(よは)の春ペリー・ローダン読み始む

ドイツでSFと言うと、ペリー・ローダンのことらしいですね。

陽炎(かげろう)やパラレルワールドてふ仮設

かげろうが揺れていますと、別の平行な世界があるような気がしてきます。

水中花、海馬　目覚めて愛づるなり

　　海馬は、セイウチ・トド・タツノオトシゴ・ジュゴンなどの異称ですが、大脳古皮質の意味も込めてあります。

異星にも四季あるならむ遠花火

　　四季はないはずですが、願望です。

蚯蚓鳴く地核変動迫りをり
（蚯蚓：みみず）

　　亀が鳴かないように蚯蚓も鳴きませんが、異常事態の兆しとして使いました。

どの星もいづれ消ゆるや曼珠沙華　秋

　星もみな死にます。それを見送るんは、白い彼岸花でしょうか。

己(おの)が骨暖をとりゐる焚火ひと

　自分の骨を燃やして、体を温めているようですね。

ワープせる蔭の宇宙や日脚伸ぶ

　「ワープ」は、空間のゆがみを利用して瞬間移動するＳＦ用語で、「日脚伸ぶ」は、冬の終わり頃の季語です。

さあ、これで私の俳句は、一先ず終わりました。初めの力み方からすれば、思ったほどには反抗的でなく、異端的でもなかったようです。
　「横書き」という点を除けば、あまり違和感はなかったのではないでしょうか。
　もしそうなら、それは「5・7・5」の定型を守ったからだと思います。

**　ルール無視　ただ「5・7・5」と詠みにけり**

というのが私の実感です。
　それではこのあとに、私と関係ある人たちの作品を引用させて頂きましたので、もう少し時間をお貸し下さい。

第 3 部　同好の句を求めて

第1部では、ＳＦ俳句の兆しとなるようなものを過去の作品から探し、第2部では、若干の自作を提示してみました。

　そこで第3部では、私と多少とも関係のある人々の俳句の中から、ＳＦ味のある作品を選びだしてみました。可能性の探索、と言ってもよいでしょう。また、本書のために書き下ろして頂いた方もおられます。もっとも望ましい形です。

　いずれにしても、ＳＦ俳句が生み出される契機になれば、という願いを込めての話です。

ユークリットの樹　高橋房雄
（第77回春陽展）

A 『鴉』の人たち

　私が影響を受けた作家の一人に、第四代日本探偵作家クラブ会長の渡辺啓助がいます。
　彼は、ＳＦ界の先駆ともいえる「おめがクラブ」を結成し、『科学小説』を発刊するなど、ＳＦに好意的な作家でしたが、詩や短詩型文学にも理解があり、さらには絵や書道にも長じた文化人でした。
　渋川市に疎開していた頃は、詩の同人雑誌『Ｂ』を発行しています。1947年に創刊し、1960年に終刊していますが、この間「ポストＢ」というＢ４判の通信を、版画家高橋房雄らが発行していました。
　この延長上にあるのが『鴉』で、詩、俳句、短歌、随筆、小説など、バラエティーに富んでいました。創刊は1978年５月、本部は東京都大田区の渡辺啓助方で、やがて和泉昇らが中心になってゆきますが、渋川市で印刷していました。
　のちには印刷も東京に移りましたが、高橋はずっと渋川支部事務局を護り、『鴉』にも密度の高いエッセイ等を載せてきました。『鴉』作品ないしＳＦ短詩型文学の視覚化のため、高橋房雄版画作品を１点、掲載させて頂きます。

　さて、この『鴉』グループには、渡辺啓助100歳

記念行事の一つとして、「鴉達二十歳の同窓会」というものがありました。じっさいの年齢はばらばらなので、それぞれ若い時の写真を提出して、記念写真風に合成し、「鴉賛歌」なる一言を別記したのです。

　この面々に一廉(ひとかど)の人物が多いのに驚かされるとともに、ＳＦ俳句もどきの句を『鴉』に発表されている方も多かったので、以下、登場順に掲載させて頂きます。

　なお途中から号数表示になりましたので、（括弧）内に発行年月を記入しました。

　　狐啼き薙刀峠　月おぼろ
　　　　　　　　登坂ふみ子：1980　春夏号
　　終焉のけむり終りしけむり茸
　　　　　　　　磯崎夏樹：1981　夏号
　　黄金の星座脚下の福寿草
　　　　　山口八千代：13号（1993年10月）
　　身をそらさばすぐさま蒼穹(そら)が落ちて来る
　　　　　村上裕徳：14号（1994年10月）
　　詩神(ミューズ)らが虹を舐めたり齧ったり
　　　　　阿部慎藏：15号（1998年4月）
　　梅雨晴間　等距離とは感動しないこと？
　　　　　溝呂木信子：16号（1999年11月）
　　縄跳びに透明な子もまじりゐて
　　　　　阿部慎藏：17号（2001年1月）

月を食む地球の影や半夏生
　　　　　　　　　多勢文乃：18号（2002年4月）
　コペルニクスに辛夷かかわりなく散って
　　　　　　　　　一原有徳：18号（2002年4月）
　ねこのなはそうせきいぬのなはぱぶろふ
　　　（猫の名は漱石　犬の名はパブロフ）
　　　　　　むらかみひろのり：18号（2002年4月）

　渡辺啓助自身の俳句はあまり残っていないようですが、私は、

　花薔薇
　　　添えて
　　老樹もすがすがし

と記した色紙を持っています。
　四女の渡辺東は画家で、ギャラリー・オキュルス（港区高輪3丁目）のオーナーです。ここは芸術家のタマリになることもありますので、案外、前衛短詩形ＳＦの発祥地になるかもしれません。
　鴉の会の主要メンバーの一人に、啓助より11歳年下の末弟・濟がいます。俳号は三齋ですが、これは、あとで別記します。

B 『新青年』研究会の会員から

むかし『新青年』という雑誌がありました。

大正9年の1月が創刊号で、戦後の昭和25年7月号で終刊したのですが、戦前、探偵小説やＳＦの源流を育てた有名な雑誌で、大正時代のものには、俳句や短歌の欄もあって、時にはハッとするような秀句もありました。

しかし、ここでご紹介するのは、その雑誌を愛している「『新青年』研究会」です。この会に私が入会したのは、博文館新社が叢書『新青年』のシリーズを出した平成の初め（1990年代初頭）でした。

この中には『鴉』のメンバーも何人かおられましたが、これは『鴉』の会とはまったく別物で、浜田雄介教授や世話役の湯浅篤志を中心に、密度の高い大衆文化・文学の研究をしておられます。

現在、黒岩裕市、黒田明、小松史生子、末国善巳、末永昭二、谷口基、横井司ら諸兄姉がよい仕事を発表しておられますが、まずは八本正幸に登場して頂きましょう。

八本正幸は、短編「失われた街」で第6回小説新潮新人賞（1988年）を受賞した作家で、この作品の結末にはＳＦとしても通用するヒネリが効いています。詩集『地球儀』(1996年)はミステリアスでＳＦ

的だし、昨年（2012年）は幻想的なフォトブック『廃墟姫』を上梓されるなど多彩な活躍をしてこられましたが、ユニークな俳句も詠まれます。頂いた年賀状や、朗読会で好評を博した「猫俳句集」からも引用・転載させて頂きます。

  イノシシも初夢見るやスローライフ　　（2007年）
  初夢やウサギを伴にアリス狩り　　　　（2011年）
  蛇の道も趣味の道とやMy Way　　　　（2013年）
  暗闇が猫のかたちに円くなり　　　　（猫俳句集）
  月光や猫も青きに染まりゆく　　　　　　（〃）
  路地裏やアウトサイドの猫びより　　　　（〃）

　また、機関紙『「新青年」趣味』XII（2005年11月）には、猫神博士（八本正幸）の「平成猟奇歌」が載っています。これは夢野久作の「猟奇歌」のパロディーで、次のような俳句的作品もあります。

　　人間という／究極の闇を／生きてゆく

　なお、会員・島村匠の最近作『マドモアゼル』は、良質のエンターテインメント長篇と言えます。作中に俳人・高浜虚子や横光利一の名も出ますので、ここに付記させて頂きました。

C　佐伯文芸クラブのこと

　第3部の話は関東から始まりましたが、ここで広島県に移りましょう。

　私が住んでいる大竹市は、ずっと以前は広島県佐伯郡の中にあったのですが、昭和29（1954）年9月に大竹市として独立したのでした。

　残りの佐伯郡において、佐伯町文藝クラブが設立されたのは昭和54（1979）年10月で、俳句4社、短歌2社、および川柳、漢詩、自由詩、随筆などが活動し、設立の翌年『文芸さいき』が創刊されました。その後、いわゆる平成の大合併で、佐伯町と廿日市市の合併により、クラブの名称を現在の「佐伯文藝クラブ」に変更しましたが、会誌は一度も休むことなく、刊行を続けております。

　会長の笹舟・今田進は、広島ペンクラブの会員仲間ですが、俳句・短歌・漢詩、随筆など、なんでもできる文化人です。今回は「『古事記』成立千三百年記念SF俳句」として、二十首を賜りました。そのうちの十首を掲載させて頂きます。

　　天照隠れ給へば初の鶏
　　元旦や過去踏台に飛ぶ未来
　　宇宙識り地下は知らずや霜柱

唐突な時間の曲り椿落つ
　　寄居虫に異次元あるを教へらる
　　八ッ俣の蛇の変異や八雲立つ
　　名月や船長アポロで昇りしか
　　久恵毘古は人造人間黄金波
　　焼かれても蛤貝比売に救はれる
　　事代の潮冷たき垣の中

　この会の中には、会長以外にもＳＦ俳句の詠める人がおられます。伊藤ぽとむ（本名・順二郎）という、脱サラ後ある自由業への道を選ばれた方で、大いに期待しております。

　　海月食うくらいでいよいよ透きとほる　　（32巻）
　　梅雨しとど両生類のようにかな　　　　　（33巻）
　　ＵＦＯが遺していった毒茸
　　色鳥や火星水星木金星；秋
　　着ぶくれてもしかしたら奴異星人；冬

　初めの二句は『文芸さいき』32巻（2011年10月）と33巻（2012年10月）から頂きました。次の三句は書下ろしです。
　川柳会員五名の中にもいい句がありましたが、今回は割愛させて頂きました。

D　広島県現代俳句協会

　現代俳句協会は、第1部で触れたように昭和22（1947）年9月に設立されましたが、大組織なので、身近な広島県の会について述べさせて頂きます。

　広島地区現代俳句協会の設立総会が行なわれたのは、平成3（1991）年4月でした。現在は広島県現代俳句協会として、広島市を中心とする西部地区、福山市を中心とする東部地区、呉市中心の南部地区、三次市中心の北部地区に分かれていますが、春の定期大会のほか、俳句会や勉強会をしております。

　会員総数は110名、会報『現代俳句ひろしま』は年1回発行、平成24（2012）年末で28号まで出しています。現在、会長は和田照海、事務局長は川崎益太郎。会長はその著・句集『海響』より、その他は平成18（2006）年以後の『現代俳句ひろしま』から転載（発行年月のみ記載）させて頂きました。

　　明星を間近としたり夏嶺小屋
　　走馬灯水のやうなる過客われ
　　極月や輪切にされて並ぶ脳
　　七星のひとつを零す虎落笛
　　ふらここを漕いでつまづく天動説
　　　　　　　　　　和田照海（『海響』より）

天狼星(シリウス)の瞠る霜夜や仮死の森

　　　　　　　　　　高堀煌士（2006年3月）

竜宮をさがす水中眼鏡かな

　　　　　　　　　　神庭千世（2008年12月）

終りなき円周率や蟻の道

　　　　　　　　　　松原英明（2009年12月）

火の匂ひして八月の石畳

　　　　　　　　　　縄岡千代子（2010年12月）

蛇穴を出るやベクレル・シーベルト

　　　　　　　　　　川崎益太郎（2011年12月）

百代の過客の途中亀鳴けり　　水川博晶（〃）

未来図に凸凹ありて鳥渡る　　宮田擂子（〃）

重力の消えていく菜の花畑

　　　　　　　　　　川崎千鶴子（2012年12月）

異次元に在りて安らぐ寒昴　　国安愛子（〃）

春三日月金星木星一直線　　太田淑子（〃）

始祖鳥のごと折り畳む黒日傘

　　　　　　　　　　松本加代子（〃）

　この中には含まれていませんが、副会長の三軒鼻恭（村本恭三）や、若い世代の帆万歩（久保庭陽士）など「奇妙な味」の句を詠まれる方もおられるので、次回は、より多彩充実したものになるでしょう。

第3部　同好の句を求めて　121

E　宇宙船句会、会報と句集

　宇宙船句会の設立は平成9（1997）年4月です。主宰は小川元志（本名・博）で、師系は山口誓子の直弟子でした。

　編集人は森山純や（本名・純爾）で比較的小人数の会ですが、句会は毎月1回、一人7投句・7選句とし、句会報を月1回出し、年1回の年間句集も発行しています。会報からの引用は年月で、句集は号数で表示しました。8号：平成16年度版、9号：17年度版、13号：平成21年度版です。

　伝統俳句の系列ですが、ホトトギス系とは違った味があり、主宰ご自身にも科学俳句的なものが散見されます。

　　宇宙船ゆくか銀河の星めぐり　　　　　（8号）
　　日本の夏宇宙旅行を売りに出す　　　　（9号）
　　夏の夜や船を修理の宇宙人　　　　　　（9号）
　　星月夜世は衛星の灯も混じる　　（2007年9月）
　　春や春宇宙に「きぼう」の実験室
　　　　　　　　　　　　　　　　（2008年3月）
　　地球から千の草の実消える危機　（2008年10月）
　　飛行士の住みて最後の宇宙の夏　　　　（13号）
　　　　　　　　　　　　　　　　　小川元志主宰

流星は時空の果てにこぼれ落ち
　　　　　　　　　　　　上田由美子（8号）
地球儀にない川の名や天の川
　　　　　　　　　　　　森山純や（8号）
ロボットも走りだしたり師走かな
　　　　　　　　　　　　若宮睡虎（8号）
億光年みつめる不思議星月夜
　　　　　　　　　中下　毬（2006年9月）
惑星のひとつ減りたる秋の夜
　　　　　　　　　三村奈七子（2006年10月）
山笑う心臓にバイパス貫通し
　　　　　　　　　森山純や（2007年3月）
ロボットが煙草を吹かし山笑う
　　　　　中1　こはま　まい（2007年3月）
宇宙船星河を求めて大飛翔
　　　　　　　　　鈴木俊彦（2007年9月）
月食の更に際立つ秋の星
　　　　　　　　　若宮睡虎（2007年9月）
冴え返るアインシュタインの相対性
　　　　　中2　こはま　まい（2008年2月）
素粒子やつきぬ謎なぞ冬の虹
　　　　　　　　　田門尚文（2008年10月）
引き返すことなく雨も墓洗う
　　　　　　　　　　　　郡あかり（13号）

第3部　同好の句を求めて　*123*

F　俳誌『太陽』

　太陽俳句会という結社があります。平成14（2002）年5月の創刊ですが、務中昌己・主宰は、広島ペンクラブの会長で、広島大学名誉教授（医学部）です。『俳句セラピー』という著書もあります。
　師系は松野自得ですから伝統俳句の系統ですが、柔軟な思考の出来る方で、私の好きな作品の中に次の句があります。

　　乙女座の降りて来さうな夜半の夏
　　人誰も逝く日を知らず黄落期
　　見返る一ー立ち止まる一ー冬野行く
　　唯心と唯物の界白ぼうたん
　　紙魚一匹泳ぎ疲れし大言海

　この会には、滑稽俳句協会の初代会長となる八木健、編集人・柴田南海子はじめ、一廉の人物が見られますが、古い号から最近へ向けて、転載させて頂きます。ただし、私の好みに従いますので、一般的な意味での秀句とは限りません。ご了承下さい。

　　時間気にせず夜長の魑魅魍魎ら
　　　　　　　　　　　　八木　健（2004年1月）

秒針が夜を刻めり雪女
       小川澄子（2006年5月）
地層なすジュラ紀白亜紀蟻走る
       吉原文音（2006年9月）
シャーマンの呪力海鵜が顔あげる
       川村明子（2008年10月）
一峰を吊るしてをりぬカシオペア
       柴田南海子（2009年1月）
透明な傘の宇宙へ夜の雪
       いせほうちづこ（2009年4月）
鬼遊ぶ鬼の花野よ溶岩の径
       中山嘉代（2010年2月号）
宇宙(そら)に浮く水の地球もおお手毬
       有木幸子（2010年4月号）
救助孔抜けて流星孔に落つ
       佐々木画鏡（2011年1月号）
UFOの着立の跡すすき原
       斎藤美千恵（〃）
億年の洞へ鬼灯あかりかな
       児玉信子（〃）
銀河澄む素粒子物理は不可思議界
       迫口あき（2012年10月号）

梶川仙子会員は、H項で登場して頂きます。

G　個人的繋がりによって

　三斎・渡辺斎(わたる)(1912～2002)は、啓助より11歳年下の末弟です。京都大学文学部(ドイツ文学科)卒業後に、岡山医大(のち岡山大学医学部)へ再入学されました。医者としても先輩にあたります。小児科へ入局されたあと日立市で開業されましたが、多くの文化的業績があります。絵もよく描きましたが、俳句で言えば『三齊呆句』(1975年)、自筆句集『うめぼし』(1978年)、俳友同人八名で上梓した句集『螻蛄(けら)』(1980年)などがあります。『鴉』からの句も入れて、列記してみましょう。

　　　わが殻(から)を夏木にかけて旅に出づ　　　(『三齊呆句』)
　　　遠花火われにも幽(くら)き家系あり　　　　　　　(〃)
　　　梅法師銀河に落ちて濡れるゐたり　(『うめぼし』)
　　　竜宮の櫛流れ来よ土用波　　　　　　(『螻蛄』)
　　　雪女　猪口(ちょこ)に紅(べに)あと残し消ゆ(『鴉』1981　春号)

　濱本武一(1922～2005)は抽象画家、音楽家であり、詩人・歌人・俳人でした。俳句は自由律の唱道者である荻原井泉水に習っています。広島の芸術ルネッサンスを興し、多面的な活動をした人です。広島ペンクラブで接触があったのですが、この人には

抽象俳句が似合ったのではないか、と思ったりしました。これは写生俳句に対し、暗喩・象徴・モンタージュなどにより、抽象性の高い主観的世界を詠むものです。以下に（展示会）としたのは、1982年の年賀状の展示会に出されたもので、年号だけを付けたものは『ペンHIROSHIMA』に発表されたものです。

　　白雪やひねもす鶴を祈りたり　　　　（展示会）
　　五月晴ほろびし鬼の睾いずこ　　　　（1985年）
　　さくら幻割られし甕に泉あり　　　　（1986年）
　　雪解ける道こそ鬼の塚のみち　　　　（1987年）
　　いずこまで登りて宝塔海遥か　　　　（1989年上）

　小嶋たづ子は昭和61年からの俳歴で、平成14年に『松籟』の同人になられました。同誌の主宰は加藤燕雨、師系は臼田亜浪で、亜浪は季語の代わりに季感を重視した俳人でした。私とのご縁は、名古屋の文芸同人誌『青灯』の同人ということからです。昨年（2012年）12月に句集『藻の花』を上梓されましたので、その中から五句頂きました。

　　稲妻や一刀両断空割れて
　　引力に枝垂れし梅や地に触るる
　　宇宙より電波受く地や草の花
　　縄文の土偶口開く朱夏の昼

結跏趺坐座禅石上一落葉
(けっかふざざぜんせきじょういちおちば)

　（結跏は座禅を組むことで、趺坐は足を組んで坐ることです）

　ゆきお（吉山幸夫）はフランス語通訳で、自動車用フランス語辞典という根気のいる仕事を完遂されましたし、フランク・ホーヴァット他による『写真の真実』を翻訳されています。私と同じく『広島文藝派』の同人です。洋画も描かれますので、絵と写真の「写実」の差、俳句における写実の意義など、討論したいところです。今回は、ＳＦ短歌とＳＦ俳句の両方に寄稿して下さいました。

　　荒涼たる火星の原野に朝陽射す
　　木星表面亜硫酸雲吹き荒れる
　　宇宙遊泳シャガールがもう絵に描いている
　　アシモフも予想せなんだ介護ロボット
　　人類滅びロボット暇を持て余す
　　近未来透明スパイの諜報戦
　　ネットのお蔭スパイ活動グローバル化
　　感染経路不明本物のウイルスとＰＣウイルス
　　インターネット――ウイルス汚染で崩壊か
　　植物状態生きているのか死んでいるのか

H　ＳＦ俳句に挑む人々

　梶川仙子は、「太陽俳句会」に属し、それなりの俳句歴もある人ですが、以前、私が演劇に関係していた頃、「50年のあゆみ―広島市民劇場」の編集のお手伝いをしていたさい、ご一緒したのが縁となりました。その後、私が渡辺晋山名義で出した句集の中に〈コンピュータ電気羊の夢判断〉という句を見つけ、「これはフィリップ・ｋ・ディックの『アンドロイドは電気羊の夢を見るか？』が下敷きなのでは？」とお便りを下さったのです。まさしく、そのものズバリで、私の俳句からＳＦ作品の話が出た最初のケースでしたから、仲間として扱うようになったのです。作品としては『太陽』に載ったものがほとんどですが、私信の中で話の出たものもあり、ここへ入れさせて頂きました。（初出等については別の機会に報告致します。）

　　華吹雪しばし身を置く異空間
　　青葉闇円周率といふ迷宮
　　綿虫のふはりと時空超えたるか
　　太陽の分身あまた滝しぶき
　　陽を溜めつ宙に散らしつ夏の川
　　川底に虹きらめくや陽の魔法

潮だまり帰れぬ海月星となり
霧の沼恐竜と化す古木あり
星飛ぶや天の言伝て携へて
滴りや地層の記憶呼び覚ます

　小林正利は1947年兵庫県生まれ、小学２年の頃、『魔の衛星カリスト』など、講談社の『少年少女世界科学冒険全集』を読みふけり、中学時代に『トリフィド時代』に出会いました。岡山大学理学部の時、瀬戸内海ＳＦ同好会『イマジニア』に入会、自分でもＳＦ批評誌『両性具有』を発行しました。卒業後は福武書店―ベネッセ・コーポレーションと、出版に縁の深い生活をしてきましたが、その後、コンサルタント会社を立ち上げられました。アニメ俳句にも意欲を燃やしている由、今後が楽しみです。

　　『魔の衛星カリスト』にて
カリストの　崩れる植物怪人の　目に赤斑
音もなく　緑の光芒　炸裂す
　　「コウモリの翼」舞台にて（1966年5月号のカバーストーリー、ジョン・ショーンハーの絵が素晴らしい）

翼竜や黄水晶(シトリン)の瞳に時の人
黄水晶(シトリン)の　そら舞う翼竜　人とらえ
　　『トリフィド時代』のイギリスにて

トリフィドの　気配知りつつ　方知らず
　　　　スター・ウォーズのデス・スターを見ながら
　　星の海　黒玉瞬き　船放つ
　　　　スペースオペラに愛をこめて
　　金髪あわや　原色のベム光射る
　　　　創作ホラー
　　月面に　痩身の猫　佇ち尽くす

　真鍋憲幸は、四国・松山の生まれで、俳句甲子園のムードの中で育ちました。河東碧梧桐の自由律が好きなお医者さん。産業医で、石油化学系大企業の診療所長です。（ＳＦ・科学・ファンタジー短歌にも寄稿して下さいました。）

　　猩々や涸るることなき養老の滝
　　手をつなぐ子にＳＦの夢託す
　　ユーフォーの飛来待ち侘ぶ寒夜かな
　　木枯らしにUFO欠航サンタ来ず
　　ＳＦも師走に実現iPS
　　双六や上がりは地球星座旅

　話が前後しますが、このH項の人たちだけでなく、C項の今田進会長や伊藤ぽとむ（順二郎）、G項のゆきお（吉山幸夫）は、本誌のためにＳＦ俳句を詠んで下さったわけです。将来に期待しましょう。

〈付〉川柳について

あまり聞き慣れない言葉かもしれませんが、「柳俳無差別」という川柳用語があるそうです。
角川書店の『俳文学大辞典』によりますと、
《川柳と俳句の違いは、流派（エコール）の差にすぎないという考え方》の由。
俳句の側にも日野草城の「相互越境」という考え方がありましたが、第二次大戦後には「川柳非詩論」というものも出てきたようですから、複雑です。
私は、俳句も短歌もＳＦ俳句もみな詩の一種だ、と思っていますので、「柳俳無差別」は抵抗なく受け入れられるのです。ＳＦ俳句の中には川柳的な句があってもいい、と考えていますので、無差別のほうが都合がよいのです。
ところが、川柳が詩ではないとしますと、詩であるべきはずのＳＦ俳句は川柳と無差別であってはいけない、ということになるでしょう。
まあ、これは屁理屈にすぎませんが、こんなことを考えるのは、私の中に多少とも川柳への関心があるからに違いありません。
そうしたことを考えながら、ＳＦ的な味のある若干の川柳を、引用・転載させて頂きました。

(1) 秋田稔・川柳作品抄

　ミステリーファンなら、秋田稔の『探偵随想』(昭和38（1963）年創刊）を知らねばモグリと言われるほど有名で、現在も続いていますが、星新一も登場しますから、ＳＦファンにとっても貴重な個人誌です。その78号（1999年9月）より102号（2009年5月）までの期間から、十句転載させて頂きます。
　初出は『朝日新聞』系の日曜せんりゅう、かいしゃ川柳、ヘルシー川柳、朝日川柳、朝日なにわ柳壇などで、庶民の情感が漂うとともに、良質のブラック・ユーモアやＳＦ的状況も垣間見えるようです。

　　蟷螂と知りつつ斧を研ぎつづけ　　　　（78号）
　　もう一度死とは何かを脳波問い　　　　（〃）
　　脱皮してさてこの先をどう生きる　　　（80号）
　　歳月が孤児の手掛かり消す無情　　　　（〃）
　　ハイテクの隙間に人の勘違い　　　　　（83号）
　　太陽を飲む瞬間の海が好き　　　　　　（85号）
　　アメリカで火を吐く夢を追うゴジラ　　（〃）
　　挫折して自分と対面する自分　　　　　（89号）
　　水温み入学式を待つメダカ　　　　　　（96号）
　　泥道のころ温暖化聞かざりき　　　　　（102号）

第3部　同好の句を求めて　133

(2) 大竹川柳会

　大竹川柳会の設立は昭和30(1955)年4月。初代会長は田中音羽で、現会長の弘兼秀子は、広島県川柳協会事務局長や全日本川柳協会常任幹事もしておられます。

　本会は毎月4つの公民館・市民会館で句会を行い、全部を纏めて柳誌「川柳大竹」を毎月発行(2012年末で517号)、さらに年1回作品集『竹笛』(2012年末で32号)を発行しています。また大竹川柳会主催の大会を毎年開催し、銀行等で作品展を開き、市内数ヵ所やJR大竹駅にも展示しております。

　会員数は40名、山口県や関西など、大竹市域外からの参加もあり、高いレベルを保っています。

　以下、弘兼会長の作品は『川柳作家全集　弘兼秀子』(以下、弘兼秀子集と略す)を主体とし、一句は『竹笛』から頂きました。会員の作品は、すべて『竹笛』より転載(氏名と号数・発行年月のみ記載)させて頂きました。

　　こんな夜星の神話を紐解こう
　　　　　　　　　　　　　　　　　　(弘兼秀子集)
　　反芻をして両脳にたたきこみ　　　　(〃)
　　どれもみな私なんです多面鏡　　　　(〃)
　　からくり時計平和な時を告げている　(〃)

きらきらと蕾未来へ鳴らす鈴
(『竹笛』30号、2010年3月、以下は会員作品です)

六法の死角に抜ける道がある
　　　　　　　　　秋山清紫（6号、1985年2月）
点と線結び未来を予測する
　　　　　　　　　杉山百合子（〃）
柱時計たまには逆に回りたし
　　　　　　　　　枝松美子（8号、1988年1月）
日照り雨狐の嫁入りかもしれず
　　　　　　　　　田中喜代路（〃）
包丁のない台所でもグルメ
　　　　　　　　　大隅錦城（〃）
太陽を売物にして分譲地
　　　　　　　　　加藤静衣（〃）
一日を自作自演の夢芝居
　　　　　　　　　長井柳虎（28号、2008年3月）
地球軸システム狂う温暖化
　　　　　　　　　中川多恵子（〃）
DNA親子二代の早合点
　　　　　　　　　松尾みちよ（32号、2012年3月）
天国へ行ける地図なら買いましょう
　　　　　　　　　向井由紀江（〃）

一層のご発展を祈っております。

あとがき

本書は「まえがき」において《いくらか変わった本》という触込みで書き始め、第１部は《異端の俳句史》という、いささか大仰(おおぎょう)なタイトルでした。
　しかし横書きという、俳句や文芸書にとっては普通でない書き方も、学術書はもとより身の回りの表記のかなりの部分が横書きなのを見ると、いつかはきっと横書きの時代が来るように思えるのです。
　また異端という言葉が出て来るにも拘わらず、中身は案外常識的で、前衛芸術の経験がある人からみれば、物足りなかったかもしれません。
　いや、むしろ「5・7・5」の定型には、自分でも保守的と思うくらい、拘ってきました。
　現時点でのＳＦ俳句私観を申しますと、季語は必ずしも必要とせず、いわば「超季」です。第１部のＥ項で述べたように、宇宙俳句が募集されるような時代ですから、なくても構わないでしょう。
　切れ字、分かち書き、多行俳句、なんでも結構。できれば当用漢字、新仮名遣い、口語体でゆきたいと思っております。
　それでＳＦ的事物が詠み込めればよし、17音で短篇一編相当の句が読めれば成功でしょう。
　当面、芸術的密度は二義的に考えておきます。

　もう四半世紀あまりもの昔、1984年の夏に、広島

で最初のＳＦ地方大会「Hirocon Ⅰ」が開かれたとき、そのプログレス・レポート２に、〈ネタに悩んで猫はこたつで丸くなる（破笑）〉という句が載っていました。

　川柳かと思いましたが、「こたつ」という冬の季語がありますし、やはり俳句でしょう。

　こうしたことからＳＦ俳句に入ることも可能で、多くの人が詠んで下さることが大切です。私は天瀬裕康名義だけでなく、本名の渡辺晋や俳号の晋山でも詠んできましたが、思えば既成俳壇だけでなく、ＳＦファンダムからもお世話になってきました。

　じつは少し以前から、「ＳＦタンカ（短歌）十項抄」として30首、「ＳＦファンタジー句集」として46句をＡ４判裏表に刷ったものを、短詩型ＳＦ普及のため用意していましたが、これを2012年７月に夕張市で行われた第51回日本ＳＦ大会（愛称バリコン）と、同年11月に出雲市で開かれた第24回出雲ＳＦコンパ（通称・雲魂弐拾四）に、資料として参加者に配布して頂いたのです。それぞれの実行委員に深謝しますとともに、交渉に当たって下さった宮本英雄氏（広島）に御礼申し上げます。

　順序があとになりましたが、既成の俳壇や先輩俳人からも、なにかとお世話になりました。全体を通

して多くの秀句を引用させて頂いております。版権切れとなっていない現代作家の場合、住所を探して引用・転載の許可を頂くよう努めましたが、個人情報保護が徹底して思うように情報が掴めず、無許可のまま引用したものがございます。ご叱責賜りましたら、改めてお願いする所存です。

　本書は「天瀬裕康編著」としておりますが、個人誌に近い同人誌のような感じも致しますので、至らぬ点はご寛恕の上、ご指導下さい。

　なお、この帯には、「日本ＳＦ作家クラブ50周年」の記念ロゴマークを使わせて頂きましたが、使用許可を与えて下さいました原作者のイラストレーター伊藤優子様、および日本ＳＦ作家クラブ事務局にも深甚なる謝意を表します。

　最後になりましたが、上梓にさいしてご高配賜った木村逸司・溪水社社長と、校正・装丁等でお手数をかけた西岡真奈美さんに深謝します。(なお表紙絵には、第44回広島医家芸術展に出品した「アルマゲドンのあと」を使用して頂きました)

2013年3月20日、春分の日

　　　　　　　　　　　　　　　　　天 瀬 裕 康

参 考 文 献

（文献の配列は発表年月順で、発行年は
　西暦に統一させて頂きました）

A）ＳＦに関するもの

パトリック・ムーア、河合三郎訳『魔の衛星カリスト』
　　少年少女世界科学冒険全集、講談社、1957年2月
福島正実編『ＳＦ入門』早川書房、1965年5月
福島正実編『ＳＦエロチックの夜』秋田書店、1967年3月
小原秀雄『ＳＦ人類動物学』早川書房、1968年4月
早川書房版『世界ＳＦ全集　全35巻』早川書房、1968年
　　10月～71年8月
フィリップ・Ｋ・ディック、朝倉久志訳『アンドロイド
　　は電気羊の夢を見るか？』早川書房、1969年6月
筒井康隆『ＳＦ教室』ポプラ社、1971年4月
高斎　正『Car ＳＦ短編集　ムーン・バギー』三栄書房、
　　1971年8月
ジャン・ガッテニョ著、小林茂訳『ＳＦ小説』白水社、
　　1971年10月
渡辺　晋「空想不死術入門」第1～14章（『ＳＦマガジン』
　　1971年3月号～1972年9月号）
ジュディス・メリル、浅倉久志訳『ＳＦに何ができるか』
　　晶文社、1972年7月
並木伸一郎『UFO入門』大陸書房、1974年9月
横田順彌『異次元世界の扉を開くＳＦ事典』広済堂出版、
　　1977年5月
石川喬司『ＳＦの時代　日本ＳＦの胎動と展望』奇想天

外社、1977年11月
横田順彌『日本ＳＦこてん古典（Ⅲ）』早川書房、1981年4月
北島明弘責任編集『ＳＦムービー史』1982年6月
コリン・ウィルスン、大瀧啓裕訳『ＳＦと神秘主義』サンリオ、1985年11月
尾崎秀樹、小田切進、紀田順一郎監修『少年小説大系第8巻 空想科学小説集』三一書房、1986年10月
横田順彌—会津信吾『快男児 押川春浪』パンリサーチインスティチュート、1987年12月
野田昌宏『スペース・オペラの書き方』早川書房、1988年10月
巽　孝之『現代ＳＦのレトリック』岩波書店、1992年6月
長山靖生『日本ＳＦ精神史』河出書房新社、2009年12月
宇宙塵編『塵も積もれば——宇宙塵40年史——（改訂版）いつまでも前向きに』宇宙塵、2006年12月
鹿野　司『サはサイエンスのサ』早川書房、2010年1月
鈴木啓造「「寄物陳思の詩」としての俳句——第十回・俳句とＳＦの融合「サイファイク」」(『しずおかＳＦ異次元への扉』創碧社、2012年6月)
日本ＳＦ作家クラブ編『SF JACK　エスエフジャック』角川書店、2013年2月

　B）俳句に関するもの

田中貢太郎『貢太郎俳句集』桂月社、1926年4月
小酒井不木『小酒井不木全集　第八巻』改造社、1929年12月
志摩芳次郎『俳句をダメにした俳人たち』中央書院、1962年11月
広島俳句協会編『句集ひろしま』広島俳句協会、1969

年1月
芥川龍之介『芥川龍之介全集　第五巻』筑摩書房、1971年7月
太宰治『太宰治全集　第一〜十二巻』筑摩書房、1975年9月〜1977年6月
金子兜太『俳童愚話』北洋社、1976年7月
土家由岐雄童句集『少年の日』崙書房、1976年9月
佐藤和夫『俳句からHAIKUへ』南雲堂、1978年3月
著者代表・高柳重信『鑑賞現代俳句全集　第十一巻』立風書房、1981年2月
松本恭子『檸檬の街で』牧羊社、1987年7月
戸板康二『袖机』三月書房、1989年8月
道浦母都子・坪内稔典『女うた　男うた』リブロポート、1991年2月
村山古郷『明治俳壇史』角川書店、1991年6月
夏石番矢編著『高柳重信』蝸牛俳句文庫、新世紀出版、1994年10月、38頁
加藤楸邨・大谷篤蔵・井本農一監修『俳文学大辞典』角川書店、1995年10月
連盟創立五〇周年記念事業委員会編『新俳句人連盟五〇年』新俳句人連盟、1996年9月
松井利彦『大正の俳人たち』富士見書房、1996年12月
現代俳句『現代俳句協会50年史』現代俳区協会、1997年7月
尾池和夫『俳景　洛中洛外・地球科学と俳句の風景』宝塚出版、1999年1月
山下一海『俳句の歴史』朝日新聞社、1999年4月
寺山修司『寺山修司俳句全集』あんず堂、1999年5月
俳人協会『俳人協会四十年小史』鋭文社、2001年6月
和田照海『海響』東京四季出版、2002年4月
星野恒彦『俳句とハイクの世界』早稲田大学出版部、2002年8月

坪内稔典『俳人漱石』岩波新書、2003年5月
渡辺晋山「欧米の日々は詠めるか」(『天穹』2005年5月)
佐藤泰正編『俳諧から俳句へ』笠間書院、2005年7月
山田弘子「最近ドイツ俳句事情」(『俳句研究』2005年11月号に収録)
渡辺晋山『芸州近世俳諧史抄』西日本文化出版、2005年11月
阿部誠文「俳句編年大系統図」(『俳句』700号記念保存版、2005年12月)
児童文学／新・俳句と文学散歩の会『微句美句』第2集、2006年3月、「新・俳句と文学散歩の会句集」刊行会、2006年3月
渡辺 晋「《ぎんのすず》と子ども俳句」(『すずのひびき』第4号、2007年3月)
現代俳句協会『日英対訳 21世紀俳句の時空』永田書房、2008年9月
八木 健監修『俳句 人生でいちばんいい句が読める本』主婦と生活社、2008年10月
務中昌己『俳句セラピー』北溟社、2011年4月
渡辺晋山『金婚式』文教総合印刷、2012年5月

C) その他

渡辺啓助『少国民の科学(3)海・陸・空のなぞ』新潮社、1958年9月
J.D.バナール、鎮目恭夫訳『歴史における科学』みすず書房、1966年11月
香山健一『未来学入門』潮出版社、1967年4月
岡潔『岡潔集 第1～4巻』学習研究社、1969年2月～5月
G・R・テイラー著、渡辺格・大川節夫訳『人間に未来はあるか 爆発寸前の生物学』みすず書房、1969年

12月
権田萬治『日本探偵作家論』㈱幻影城、1975年12月
山本健吉「幻の花を追う人」(『底本　原民喜全集　別巻』青土社、1979年3月に収録) 238 〜 239頁
松原新一、磯田光一、秋山駿『増補改訂　戦後日本文学史・年表』講談社、1979年8月
大宮信光『科学の珍説・奇説おもしろ雑学』日本実業出版社、1990年7月
フランク・ホーヴァト他著, 吉山幸夫訳『写真の真実』㈱トレヴィル、1994年9月
福島章・中谷陽一編『パトグラフィーへの招待』金剛出版、2000年4月
小松史生子『乱歩と名古屋』風媒社、2007年5月
宗岡量雄編『W.W.W.長すぎた男・短すぎた男・知り過ぎた男』発行所・ギャラリー・オキュルス、2008年5月
谷口基『戦前戦後異端文学論——奇想と反骨——』新典社、2009年5月
弘兼秀子『川柳作家全集・弘兼秀子』新葉館出版、2010年1月
湯浅篤志『夢みる趣味の大正時代』論創社、2010年3月
ウイリアム・プラムリー、南山宏訳『エデンの神々』2010年8月
森田幸孝『インターネットが壊した「こころ」と「言葉」』幻冬社ルネッサンス、2011年12月
宇宙科学研究倶楽部編『宇宙の裏側がわかる本』学研パブリッシング、2012年5月
会津信吾・藤元直樹編『怪樹の腕〈ウィアード・テールズ〉戦前邦訳傑作選』東京創元社、2013年2月

【編著者略歴】

天瀬 裕康（あませ・ひろやす）
　　　　本名：渡辺　晋（わたなべ・すすむ）
1931年11月　広島県呉市生まれ
1961年3月　岡山大学大学院医学研究科卒（医学博士）
現　在：日本ペンクラブ、日本ＳＦ作家クラブ、
　　　　広島ペンクラブ、現代俳句協会の会員。
　　　　『広島文藝派』、『青灯』、短歌雑誌『あすなろ』同人
主著書：『闇よ、名乗れ』（2010年11月、近代文芸社）
　　　　『峠三吉バラエティー帖』（2012年11月、溪水社）

ＳＦ・科学ファンタジー句集

　　　　　　　　　　平成25年7月1日　発　行
編著者　　天瀬　裕康
発行所　　株式会社　溪水社
　　　　　広島市中区小町1-4（〒730-0041）
　　　　　電　話（082）246-7909
　　　　　ＦＡＸ（082）246-7876
　　　　　E-mail：info@keisui.co.jp

ISBN978-4-86327-221-7 C0092